「こんなそそる顔、俺以外には見せるな」
遥がぶっきらぼうに言う。（本文より）

BBN
B●BOY NOVELS

情熱のきざし

遠野春日
イラスト／円陣闇丸

この物語はフィクションであり、実際の人物・
団体・事件等とは、一切関係ありません。

CONTENTS

情熱のきざし　7
あとがき　220

情熱のきざし

1

香取市《かとりし》在住の陶芸家、名嘉晋次朗《なかしんじろう》とはかれこれ一年半ほどの付き合いだが、今や取り引きのある他のどの陶芸家より気心の知れた仲だ。

四十九歳という年齢を感じさせない若々しい外見に、ざっくばらんな態度。つけつけとした物言いをするので最初は苦手意識があったが、馴染《なじ》むと妙に波長が合った。

名嘉も佳人《よしと》とは付き合いやすいと感じているのか、所用で東京に来るときは結構な頻度で連絡をくれるようになり、しょっちゅう一緒に食事をしたり美術展や講演に出掛けたりしている。

十月も残り僅《わず》かとなったある日、佳人は名嘉と浜松町《はままつちょう》駅近くの居酒屋に来た。

六十代と思《おぼ》しき厳《いか》つい顔の店主が切り盛りする、『伯仲《はくちゅう》』というカウンターだけのこぢんまりした店だ。もう一人、見習いと思しき若い男がいて、ときどき店主にきつい口調で指導を受けながら厨房を手伝っている。

「夏頃たまたまこの辺りを歩いていたとき見つけて、ふらっと立ち寄ったところ、魚が新鮮で旨《うま》くてすっかり気に入ってさ。以来、ちょくちょく来てる」

名嘉は『伯仲』を贔屓《ひいき》にしだした経緯を佳人にそう語った。

「東京に出てくるときはたいてい高速バスを使ってて、帰りのバスが浜松町から出るんだ。乗る前に腹拵《はらごしら》えしとくかと思って、何気なく暖簾《のれん》を潜《くぐ》ったのがここだったってわけ」

そのときも店はそこそこ繁盛していたそうだが、週半ばの今日も十二人掛けのカウンター席は八割方埋まっている。勤め帰りのサラリーマンが客層のほとんどで、どちらかといえば無骨な雰囲気だ。店主の醸《かも》し出すいかにも職人ふうの寡黙《かもく》さ、これで客商売が務まるのかと心配になるほどの無愛想さもあって、女性同士やカップルが気軽に入ってこられそうな感じではない。

「強面《こわもて》で頑固一徹、いかにも気性が荒そうなオヤジだが、出すものは粋《いき》なんだよ」

名嘉が得意げな顔をして言った意味は、注文した料理が来るとすぐに納得できた。

刺身の盛り合わせ自体も脂《あぶら》がのっていて鮮度がよく、この値段でこのネタはすごいと感嘆したが、それ以上に佳人が心躍らせたのは料理を載せている皿だった。

「わぁ……！　いい。いいですねぇ、このお皿」

ざっくりとして厚みのある素朴な風合いの大皿に、二人分の刺身数種が盛り付けられている。あえて歪《いびつ》に仕上げられた縁の形状が面白く、器にものを言う力を与えているような味のある作品で、佳人は一目で気に入った。一緒に出された取り皿や醤油皿も、一つ一つ違っていながらどれも独創性に富んだものばかりだ。

「いいだろう。きみの眼鏡に適《かな》うんじゃないかと思っていた」

名嘉は佳人の見せた反応が予想通りだったらしく、してやったりといった得意顔をする。

徳利《とっくり》を差し出して佳人の杯に注ぎ足し、そのまま手酌《てじゃく》で自分の杯も満たす。

「このお銚子《ちょうし》と杯も、さっきからいいなと思って見ていたんですよ」

手にした杯を目の高さに持ち上げ、あらためてじっくり鑑賞しながら佳人は声を弾ませる。

「作家さんものですかね？　手びねりの温かい感じ、好きだなぁ」

「これな、皿も徳利もここの親父が作った作品なんだぜ。杯だけは自分が気に入って集めたものらしいけど」

あたかも自分のことであるかのように誇らしそうに名嘉が言う。

「えっ。本当ですか」

佳人は目を丸くした。さすがにそれは予想外だった。

「もしかして、料理人をされてる傍《かたわ》ら陶芸家としても知られた方なんですか」

カウンターの内側で忙しく立ち働き、客同士の会話などいっさい耳に入ってなさそうな店主を佳人はそっと窺《うかが》う。紺地の作務衣《さむえ》に、手拭いの頭巾《ずきん》といった出で立ちで、黙々と厨房を切り盛りしている。目つきの鋭さが只者《ただもの》でない雰囲気だ。

「いや。陶芸は趣味だそうだ」

名嘉は皺《しわ》一つない若々しい手で箸《はし》を品よく使い、刺身に舌鼓を打ちながら佳人に店主のことを教える。

料理と器の両方を気に入って、バスで東京に出てくる機会があるたびに店に来て店主に顔を覚えてもらい、店主が手隙のときちょっとした会話ができるようになるまで四、五ヶ月かかったそうだ。陶芸のことを聞けたのも割合最近らしい。

「俺も工房構えて焼きものやってるんだ、って言ったら、だいぶ態度が和《やわ》らいだよ。ここの親父、真宮源二《まみやげんじ》っていうんだが、陶芸始めたのは八年くらい前からなんだそうだ」

「おいくつなんですかね？」

「はっきり聞いたわけじゃないが、話の感じからして俺より一回りは上っぽいな。六十一か二、そのあたりなんじゃないかな。中学生の孫もいるみたいだし」

「お孫さん、見かけたことあるんですか」

「うん。一度土曜日に来たら、いた。学校が休みの日はときどき手伝ってるそうだ。親父に負けず劣らず無口な子で、話しかけてもあんまり喋《しゃべ》ってくれなかったけどね。どうやら孫と祖父さんの二人暮らしらしい」

「そうなんですか」

少年の両親はどうしているのかと佳人は一瞬考えたが、すぐに頭から追い払う。よその家庭の事情を詮索《せんさく》するのはあまり行儀のいいことではない。

「この店をやる前は別の仕事してたようだけど、ここももう十年近くなるって話だ。陶芸教室に通いだしたのは、店で使う器を吟味《ぎんみ》するうちに自分でも一つ作ってみようかと思い立ってのことらしい。で、やってみたら嵌《は》まったそうだ。今じゃあ店の器や皿は八割方自作の物なんだって」

「素朴で気取らないのにセンスがよくて、おれ、こういうのがすごく好みなんですよね」

佳人は何も載せていない取り皿を様々な角度から見て、手触りを楽しみ、しみじみと言った。

「そうだろうと思って誘ったんだ」

名嘉は佳人の好みを心得ている。出会った当初はここまで名嘉と親しくなるとは予想しなかっただけに、縁とは不思議なものだとつくづく思う。

名嘉と佳人はそれこそ二十近く歳が離れているが、名嘉の容貌はせいぜい三十代後半にしか見えない。感性も似通ったところがあるようで、ひとたび打ち解けると非常に付き合いやすくて、気が置けない間柄《あいだがら》になれた。

「最初に名嘉さんの工房を訪ねたときは、朔田《さくた》さんに紹介いただいた四人の作家さんのうち最も手強そうだと思ったんですが、結果的に今一番親しくさせてもらっているのは名嘉さんだから、わからないものですよね」

「元々誰に対してもああなんだよ、俺は」

名嘉も佳人と初めて顔を合わせたときのことは覚えているらしく、バツが悪そうにしながら居直る。無愛想でとりつく島もなく、まともに挨拶《あいさつ》さえさせてもらえなかったのだ。佳人が今の仕事を始めるきっかけになった陶芸家、朔田の妹である夏希《なつき》が一緒でなければ、工房の中に立ち入ることすら難しかったかもしれない。

「おれも、ぶっきらぼうで無口な人との付き合いには結構慣れてるつもりでしたけど、第一印象の頑《かたく》なさというか、どう対すればいいかわからない感じは、名嘉さんが一番強かったかもです」

「きみのカレシも初対面の相手にはかなり取っつきにくそうだけど?」

「ま、まぁ、確かにそうなんですが」

同居している恋人、遥《はるか》の話を持ち出されると、佳人は性懲《しょうこ》りもなくときめいて照れてしまう。春が来れば丸四年になる付き合いの長さにもかかわらず、何年一緒にいても何度体を重ねても恋愛感情は褪《あ》せることがない。家族としての愛情が増した分、気持ちは深まる一方だ。

遥も名嘉と顔見知りだ。以前、遥の運転する車で名嘉の工房を訪ねたとき、珍しく名嘉が遥に興味を示したのだ。正確には、遥が乗っているスポーツカーに、と言うべきか。名嘉は車好きらしく、遥としばらく話し込んでいた。普段は無愛想を絵に描いたような二人が、エンジンがどうのサスペンションがどうのと熱心に語り合う。この展開は予想しておらず、傍《そば》で見ていた佳人は戸惑った。意外なところで意気投合したものだ。どちらかといえば、二人は互いに相手のことが気に入らないのではないかと心配していたくらいだったのだが、まったくの杞憂《きゆう》だった。

「何年一緒にいるのか知らないが、きみたちを見ていると、とうの昔に忘れたはずの恋愛感情を思い出すなぁ」

そんな自分を名嘉は柄《がら》でもないと感じたのか、ふっとおかしそうに口元を緩ませる。

「羨《うらや》ましくないと言えば嘘になる」

「恋愛感情を忘れるってことはない気がしますよ」

佳人は刺身に箸を伸ばしつつ真面目に言った。

「ただ、ある程度年齢が高くなると、気持ちが動く相手と出会うのが難しくなるのかな、と」

「そうだな。俺なんか特に、日頃は工房に籠《こ》もりっぱなしで、誰にも会わないときのほうが多いからね。東京に出てきたときも、だいたい会うメンツは決まっているし」

「今回も朔田さんたちと会いました？」

「ああ。朔田と西野《にしの》に会った」

朔田が屈託なく称するところの『売れない若手陶芸家五人衆』とは佳人も全員面識がある。最初に懇意になったのは、仁賀保《にかほ》流の茶道教室で一緒に茶の湯を習っていた朔田だ。朔田が他の四人と佳人を引き合わせてくれた。インターネットの仮想店舗で作家ものの陶芸品を扱う会社を立ち上げる際、知り合いの陶芸家たちを紹介してくれたのだ。

佳人が事業を始めて一年と二ヶ月になる。

滑り出しは結構好調だったものの、途中、商品がなかなか動かなくなって、早くも行き詰まったかと焦《あせ》った時期もあったが、なんとかそこを乗り越え、今も続けられている。

いわゆる作家ものと呼ばれる完全手作り品を主体として販売しているため、数を売って利鞘《りざや》を得ることができない。その時々で出来不出来もあるので、コンスタントによいものを仕入れるためには、信用のおける作家を一人でも多く抱えておきたいところだ。

これは、と思ったらチャンスを逃さないよう常に周りに目を配ることが、いつのまにか習慣化していた。

そのあたりの事情は名嘉も承知しているのだろう。

「ここの親父の作品、気に入ったなら声掛けてみれば？」

最初からそのつもりで佳人をここに誘ったようだった。

「そうですね。お手隙になられたら、頃合いを見てお話ししてみます」

「お世辞にも愛想のいい御仁《ごじん》とは言い難《がた》いが、きみ、そういうのにも慣れてるだろ」

名嘉は佳人に冷やかすようなまなざしをくれる。

「どれだけ無視しても懲《こ》りずにやって来て、粘り強く諦めなかったもんな、俺のときも」

「いや……営業ってそういうものでしょ」

「それはそうかもしれないが、心折れたりしないのか」

「以前勤めていたときは、謝罪して頭を下げるのが仕事という部署にいたこともあったので、それに比べたらまだ気持ちの上では楽ですね。帰れ、とリンゴ投げられたり、胸座《むなぐら》摑まれて罵倒《ばとう》されたり、いろいろありましたよ」

「俺には無理だな。きみは強いな。本気で感心する」

しみじみと言われ、佳人はちょっと面映《おもは》ゆかった。常に必死で、立ち止まったり振り返ったりする余裕などなく、ひたすら前を向いて歩き続けてきただけだ。おまえは強い、と遥をはじめ近しい人たちからときどき言われるが、自分では特にそう感じたことはない。こういう生き方しかできないのだと思う。もちろん人並みに傷ついてきたし、嫌だと思って投げ出したくなったり、逃げたくなったりしたときもある。けれど、弱音を吐くのが不得手で、それくらいなら耐えようと意地を張ってしまうのだ。自分を理解し、助けてくれる人が周りにいることが、佳人を勇気づけ、強くいさせてくれる。本人に面と向かって言うのは照れくさいので口にはしないが、名嘉も佳人にとってはそのうちの一人だ。

「あんまり器用じゃないんですよ、おれ」

「それはわかる。だから俺も、きみになら作品を預けてもいいと思ったんだろうな。口だけ達者な胡散《うさん》臭い連中にはいい加減うんざりしていたんだ」

朔田にしろ名嘉にしろ、職人気質《かたぎ》というのか芸術家らしいというのか、気難しい一面を持っている。得てして社交は苦手のようだ。それもまたある種の不器用さだろう。

佳人の周囲には、偏屈《へんくつ》だったり、簡単には他人に心を許さない人も多く、はじめのうちはけんもほろろの扱いを受けることがままある。冷ややかな応対にもそこそこ慣れている。

真宮がカウンター越しに手ずからキンキの煮付けを出してくれた際、またそれが味わい深い大きめの皿に盛り付けられていたため、佳人は飾らない言葉で店主に話しかけた。

「わぁ。美味しそうだ。それにまた器がとてもいいですね。こちらで使われている器、ご主人がご自分で製作されたものだとお聞きしました」

「陶芸は素人《しろうと》の手遊びだ」

真宮はちらっと名嘉に視線をやって、むっつりとした表情のまま返す。名嘉にはそこそこ気を許しているらしいので、連れの佳人にもあからさまに無視した態度は取りにくいのだろう。陶芸には名嘉が言うとおり熱中しているようで、この話題に関しては食いつきがよさそうだった。

それでも真宮の反応はお世辞にもいいとは言いがたい。

「わたし、焼きものの小売りをしているのですが」

佳人が立ち上がって差し出した名刺を見ても最初は指一本動かさず、だからなんだと言いたげなまなざしで、佳人を威嚇《いかく》するようにジロリと見返す。なかなかに手強そうだ。

「名嘉先生ともその関係でお近づきにならせていただいております」

名嘉の名を出すと深い皺が刻まれた口元がピクリと動いたが、そこまでだ。唇自体は引き結んだままで、開かれる気配もない。

佳人はめげずに話しかけ続けた。自分自身、決して営業が得意なほうではない。ノウハウなどないに等しく、今までなんとかやってこられたのは人に恵まれたからだと弁《わきま》えている。ただ、誠意と熱意だけは本物だという自負があった。

「自分が見て気に入ったものを、他の方にも知っていただきたい、手に取っていただきたいと思ったのがきっかけで今の仕事に携わるようになりました。真宮さんの作品も、もしよろしければ扱わせていただけないでしょうか」

我ながらたどたどしくて情けなかったが、精一杯気持ちを伝える以外に術《すべ》はない。真宮に単なている無愛想というだけではない、底知れぬ迫力のようなものがあるのを感じて、いつもより緊張しているのも確かだ。

「この子、親父さんの作る焼きものに惚れちゃったみたいだよ。若いけどなかなか見る目があるし、真面目で信頼できるのは俺が保証する。話を聞くだけ聞いてやってくれないかな」

本来名嘉はべつに面倒見がいいほうではないようなのだが、あまりにも真宮の態度がとりつく島もないので、佳人をここに誘った手前知らんぷりしづらかったのか、珍しく助け船を出す。

三十過ぎているのにこの子呼ばわりはちょっと、と微妙な気持ちになったが、名嘉が口を挟んでくれたおかげで真宮の表情が幾分なりと和らいだのは確かだ。真宮にしてみれば、本職の陶芸家である名嘉は年下だが先輩格で、一目置くべき相手なのだろう。そうした上下関係に拘《こだわ》り、礼を重んじる男、という感触を受ける。ふと佳人の脳裡《のうり》を香西組《こうざいぐみ》組長、香西誠美《まさみ》が過《よぎ》る。真宮にはどことなく香西と似たところがある気がした。

「若い人に自分の感性を気に入ってもらえるのは嬉しい。だが、儂《わし》はあくまで自分のところで使う用に作っているだけでね。人様に売るとか考えたこともない」

ようやく佳人と目を合わせてまともに喋ってはくれたが、返事は案の定そっけなかった。

「うん、まぁそうだろうな。とりあえず名刺だけでも受け取ってやってくれませんか。彼、手を引っ込めるに引っ込められなくなって困ってるみたいなんで」

真宮は仕方なさそうに佳人が差し出す名刺を受け取り、作務衣のポケットに落とし込んだ。

「だけど親父さん、自宅の棚に仕舞《しま》いきれなくなるくらい作品のストックが増えてきたんなら、ここで使わない器や皿は誰かに譲《ゆず》って生かすほうがよくないか。精魂《せいこん》込めて焼いた作品を眠らせておくのはもったいない気がするよ」

「……どうせ誰も欲しがりゃしないさ」

真宮はボソリと言うと、無駄話はここまでだ、と言わんばかりにフイとそっぽを向いて佳人たちの傍から離れていってしまった。

「脈はなくはない、と思うんだが？」

名嘉がニッと唇の端を曲げて佳人を煽《あお》る。

「ええ。それはおれも同感です。作品ストック、ぜひ拝見したいな。名嘉さんはご覧になったことあるんですか」

「何点かここに持ってきてくれたのを一度見せてもらった。早い時間で、他に客がいなかったときな。店の奥と二階が自宅なんだそうだ」

名嘉の場合は、陶芸家だと打ち明けてから真宮のガードが緩み、言葉を交わすようになったらしい。佳人ではそうはいかないだろう。むしろ、商売が絡むと知って、逆に警戒心を強めさせたかもしれない。決して真宮の作品を利用して自分だけいい目をみようとしているわけではなく、制作者も購入者も間に入る佳人自身も、皆が納得のいくウィンウィンの取り引きができればと考えているのだが、そこをまず真宮に理解してもらわなければ話をすることも難しそうだ。

「諦めずに粘ってみますよ。だいたい今までにしても最初からすんなり受け入れてもらったことのほうが少ないですしね」

「きみはいい意味で諦めが悪いところがあるからな。せいぜい持ち前のしつこさを発揮して、あの落ちにくそうな親父を口説いてみろ。まぁ、きみの真っ直ぐな人柄を知れば、そうそう邪険にし続けられるもんじゃないさ。きみは不器用だが得な性分をしているよ」

「そ、そうですか？」

自分ではそんなふうに思ったことはなかったが、名嘉に「ああ」と請け合われると、ならばありがたくその己の資質がもたらす恩恵に与《あずか》り、自信を持ってぶつかってみようと心に決めた。

メインのつもりで頼んだキンキの煮付けに舌鼓を打っている間に、店はますます混んできた。

どうやら佳人が名刺を渡したのはベストのタイミングだったようだ。

キンキのあと締めにお茶漬けをもらったが、運んできてくれたのは弟子らしいちょっと粗雑そうな青年で、真宮はずっとコンロから離れずに次から次へとオーダーされる料理を作るのにかかりきりだった。

結局、お勘定《かんじょう》を済ませて店を出る際に、「いつもどうも」と顔だけこちらに向けて礼を言われただけで、あれから一言も話はできなかった。

「繁盛してるんですね。美味しいですもんね」

「常連が多いんだ。きみももう顔は覚えてもらったはずだから、次来たら親父も少しは愛想よくするかもな。……いや、やっぱり、それはないか」

「二回目や三回目では難しそうですね」

微酔《ほろよ》い加減の体に冷気を帯びた秋風が心地よく、佳人は名嘉と肩を並べてバスセンターまで歩いた。

「何度か通ってみますよ」

「カレシも魚好きなら誘ってみれば」

「あ、そうですね。肉でも魚でもなんでも好きみたいですけど、『伯仲』の味付けはきっと好みだと思います」

「相変わらず惚気《のろけ》るなぁ」

「えっ、ち、違いますよ……！　名嘉さんが聞いたんでしょ」

遥との仲をからかわれて、佳人が耳朶《じだ》を赤くして言い訳するうちにバスセンターに着いた。

名嘉が乗るバスはすでに乗り場に着いており、まさに乗客を乗せている最中だ。

佳人は名嘉を見送ってから駅に向かった。

別れ際に遥の話題が出たせいか、一人になると急に人恋しさを覚え、今すぐ遥に会いたくてたまらなくなった。酒が入っているからというのもあるだろう。佳人は酔うと肌の温もりが欲しくなり、淫らな気分になりやすい。

ホームで電車を待ちながら、遥はもう帰っているだろうかと思いを馳《は》せた。

朝出がけに今夜は東原《ひがしはら》と会うと言っていたので、まだどこかで飲んでいる最中かもしれない。世間を騒がせた狙撃事件が起きたのはつい先日のことだ。速報が流れたときには驚いたが、あらかじめ事情を知らされていた貴史《たかふみ》に確認して正確な状況を把握し、とりあえず胸を撫で下ろしたのも記憶に生々しい。

心臓に悪いことばかりする人だ、と遥も心配させられた腹いせのように苦い顔をしていた。ほとぼりが冷めるまで入院すると聞いていたが、おとなしくしていたのはせいぜい二日間だったらしい。密《ひそ》かに退院するなり「心配かけて悪かったな」と遥に一本電話を入れてきた。凝りもせずに、快気祝いに一杯どうだ、といつもと変わらないノリで誘われたようだ。

今回は事情が事情なので、向こうから連絡がなかったとしても、近々遥に東原の様子を見てきてもらいたいと佳人も思っていた。

以前に比べると東原が遥を誘う回数はぐっと減っている。さすがの東原も、そのせいで貴史と佳人が拗《こじ》れかけたと聞くと、自重せざるを得なくなったようだ。実際はそこまで深刻だったわけではないのだが、佳人も正直やきもきさせられていたので助かった。二人の間に恋愛感情はないと承知していても、相手がきっぷのいい大物ヤクザで、真面目な弁護士の貴史ですら虜《とりこ》にした男となると、油断はできない気がするのだ。

佳人が家に帰り着いたのは九時半頃だった。

門扉《もんぴ》を潜《くぐ》ると、遥が建てた純和風の家屋が日本庭園の先に見える。

一階の窓から明かりが洩《も》れていた。

遥が先に帰っている。

佳人の心は自然と浮き立った。

＊

ただいま、と声を掛けて、人の気配がする台所を覗《のぞ》くと、遥はスーツ姿のままペットボトルを傾けてミネラルウォーターを飲んでいるところだった。どうやら遥も帰宅したばかりらしい。五分と違わなかったようだ。

「早かったんですね、遥さん」

「ああ。おまえもな」

「おれは名嘉さんと浜松町の居酒屋で食事してきただけですから」

「仕事の話は抜きか」

「そう……ですね。ただ、その居酒屋のご主人が趣味で陶芸をされている方で、今後ご縁ができたらいいなという取っかかりを作ってもらいはしました」

ほう、と遥は目を細めて佳人を見ると、僅かに口元を綻《ほころ》ばせる。

「相変わらずおまえはあちこちで可愛がられているようだな」

嫌味でも、やきもちを焼いているわけでもなさそうに言われ、佳人はどんな顔をすればいいのかわからず困った。自分でも、いろいろな人によくしてもらっている自覚があるので、違うと否定するわけにもいかない。得な性分だと名嘉にも言われたばかりだ。

「いいことだ」

遥はさらりと言って、飲むか、と飲みかけのペットボトルを差し出してきた。

佳人は躊躇《ためら》わずに受け取り、表面に水滴がついたボトルに口をつける。冷えた水が渇いていた喉を潤してくれ、微酔い加減でふわっとしていた頭が醒《さ》めた。

「全部やる」

佳人の飲み方がいかにも水を求めていたようだったのか、遥はふっと含み笑いをする。

その場でスーツの上着を脱いで、綺麗《きれい》に片づいている作業台の端に軽く畳んで置き、ネクタイを抜いて外す。そうしてワイシャツとズボンだけという格好で、遥は台所を出ていった。

しばらくすると自動お湯張り装置から、浴槽に湯を溜め始めたというアナウンスが流れてきた。

廊下を戻ってきた遥が台所の出入り口から顔だけ覗かせ、

「お茶、淹《い》れてくれないか」

と声だけ掛けて、そのまま茶の間の方へ行く。

「緑茶でいいですか。それとも紅茶にします？」

遥の背中に向けて聞くと、立ち止まりも振り向きもせずに返事があった。

「抹茶を一服点《た》ててくれ」

いいですよ、と佳人は快く承知し、ケトルを火にかけた。

遥がたまに飲みたがるのはお薄《うす》のほうだ。茶席のような畏《かしこ》まった場は堅苦しい、自分は不調法《ぶちょうほう》で作法も何も知らない、興味もないと言うが、お薄自体は好きらしい。それでいて、黒澤《くろさわ》邸には略式の水屋《みずや》が設《もう》けてある。設計した建築デザイナーに、せっかく月見台を造るのならば、と勧められたそうだ。水屋は月見台の内側に位置し、隣は十二畳の書院の間だ。ときどき佳人は書院の間の一角で茶道教室で習ったことを復習している。それに遥は結構な頻度で付き合い、佳人が点てたお茶を飲んでくれるのだ。

台所で丁寧に点てた抹茶を盆に載せて茶の間に運ぶ。

「週末にはもう十一月になりますね」

「ああ」

遥はテレビのニュース番組を観ていた。

一昨日またもや拳銃絡みの事件が起きており、その続報が伝えられているところだった。番組のコメンテーターが、先週末狙撃されて一命を取り留めた川口組若頭《かわぐちぐみ》、東原氏との関連性は云々《うんぬん》としたり顔で持論を展開している。

「このこと、東原さんは何かおっしゃってました?」

不穏なことが立て続けに起き、佳人も気になっていた。

東原が狙撃された事件の首謀者らはすでに逮捕されている。ただし、実際に狙撃したのは彼らが雇ったプロの狙撃手らしく、そちらはまだ捕まっていない模様だ。とうに海外に逃亡していて所在不明だとも聞く。この東原の一件と、一昨日の事件の間に直接的な繋がりはなさそうだが、銃弾を撃ち込まれた建物が川口組系で中堅にあたる組の事務所とのことなので、完全に無関係と言い切るのは早計な気がする。メディアの論調も概《がい》してそんな感じだ。

一昨日の早朝、無人だった組事務所に発砲して逃げた犯人は現在逃走中で、どこの誰の仕業《しわざ》かも判明していないらしい。狙われた祐徳組《ゆうとくぐみ》は、東原の出身母体である東雲会《しののめかい》をはじめとする川口組幹部構成員が率いる直参組を一次団体とすれば、その下の二次団体に属する組で、中堅的位置づけになるという。そこそこの規模だが、東原は組長とも面識がないらしく、この一件が遠回しにせよ東原を狙ったものだとは、現時点では考えにくい。

「いちおう組のほうでも独自に調べを進めているそうだ。自分が撃たれたこととは関係ない、それは確かだと辰雄《たつお》さんは言っていたが、別口で新たな揉《も》め事が持ち上がった可能性はあるからな」

佳人が点てた抹茶を三口で飲んだあと、遥は口元についた泡を指で無造作に拭い、おもむろに答える。

作法に従っているつもりはないようだが、自然にしているしぐさが品を感じさせるので、しゃちほこばったところがなくてかえって余裕があるように映る。本当の意味でお茶を楽しんでくれている気がして、佳人は遥の在《あ》り方が好きだ。遥のことはどこもかしこも好きなので今さらだが、

あらためて感じ入る。

「川口組は巨大組織だから、どこかで軋轢《あつれき》が起きても不思議はないです。幹部の間でも考え方の違いがあって、盤石《ばんじゃく》な一枚岩ではなさそうだし。警察の締めつけが厳しくなってからは、経済的にやっていけなくなってきた組も少なくないようなので、生き残りをかけた再編なんかも水面下で画策《かくさく》されているかもしれないですね」

「俺は門外漢《もんがいかん》だから詳しい事情はわからんが、いろいろ難しそうだ。辰雄さん自身は相変わらず飄然《ひょうぜん》としていて、緊迫感なんかも漂わせていなかったが」

「ほんと、大物ですよね。四方八方から狙われてもおかしくない立場なのに。ボディガードはやきもきさせられっぱなしなんじゃないですか」

「狙撃されたのも一度や二度ではなさそうだしな」

公《おおやけ》になっていない未遂事件なども合わせると、何度危ない目に遭《あ》っていることか、考えただけで震えが走る。一般人には想像もつかない苛烈《かれつ》で凄絶《せいぜつ》な世界に身を置き、明日どうなっているかもわからない生き方をしている男なのだと噛み締める。

それほど親密な付き合いをしているわけではない佳人ですら、何かあったと聞くたびに心臓に負担をかけるくらいだから、遥や貴史は気が気でないだろう。東原のような危険と背中合わせの男を選んだ貴史の勇気にはほとほと感服する。とてもではないが佳人は身が持ちそうにない。

「どちらも銃が使われたので、もしやまた、と心配だったんですが、東原さんのほうで何か確信を得ているのなら、関連性はないとみていいんでしょうね」

「辰雄さんが撃たれたときの銃はライフルだが、事務所に向かって発砲されたのは三十口径《こうけい》の弾だったそうだ。おそらくトカレフだろうと辰雄さんは踏んでいた」

遥は落ち着き払った口調で銃の話をする。

「トカレフと聞くと、やはりヤクザ絡みかなと思ってしまいますね。中国製のトカレフがよく密輸されていて、一時期大量に取り引きされていたみたいですから」

「事が大きくなる前に警察に犯人を逮捕してもらいたい、それが一番穏便にカタがつく、と辰雄さんも言っていた」

そうですね、と同意して、佳人はとりあえず胸を撫で下ろした。冷静沈着でめったなことでは動じないのが東原という男だが、自身が撃たれた直後に起きた事件なだけに、今回ばかりは多少なりと感情的になっているかもしれないと心配していたが、杞憂だったようだ。

「東原さんが組に身を置いている限り、貴史さんの気は休まらないんでしょうね……」

「いずれ辰雄さんも身の振り方を考えるかもしれない。俺にもどうなるか想像すらできないが。そんな話は匂わせもしないしな」

「背負っているものが大きすぎますからね」

貴史の気持ちを考えてしんみりしかけたところで、お風呂が沸いたことを報《しら》せる電子メロディが鳴った。

「背中、流せ」

遥が色っぽい流し目をくれて立ち上がる。

「おまえの背中も流してやる」

一緒に風呂に入ることはちょくちょくあるが、気恥ずかしさが完全になくなることはない。同じ裸を見せ合うにしても、ベッドの中とはまた違った照れくささを感じ、毎回ぎこちなくなってしまう。遥はそんな佳人を見るたび、変なやつめ、と言いたげな顔をする。今さらだろうと呆《あき》れているようだが、面白がっているふうでもある。

浴室は暖房機能で適度に暖められていた。そろそろ肌寒くなってきたので入れ時かなと佳人も思っていた。

遥とはこうした感覚が近しくて、一緒に暮らしていてストレスを感じることが少ない。たまたま縁があった人とこうも相性がよかったとは不思議だ。運命というものがもしあるのなら、見えない力に引き合わせてもらったのだと信じたい気持ちになる。

檜《ひのき》の風呂椅子に全裸で腰掛けた遥の背中に、佳人は手のひらで泡立てたボディソープを丁寧に塗り広げていく。

しっかりと背筋のついた体に触れ、滑らかな肌と弾力のある筋肉の感触を堪能する。

佳人に比べると肩幅も二の腕もがっちりとしているし、背中も頼りがいを感じさせる大きさだが、遥も特別体が大きいわけではない。身長と体重の兼ね合いからすると痩《や》せ気味なくらいだ。

毎朝のジョギングと、たまのジム通い以外は運動らしい運動はしていないが、引き締まった体に筋肉が綺麗に付いていて見惚れてしまう。

「二十代半ばまでは肉体労働中心だったからな」

洗い場の壁に嵌め込まれた鏡越しに遥が佳人と目を合わせ、佳人の考えていることを察したかのように言う。

「遥さんも細いほうなのに、腕の力とかすごいですよね。この前、衣替《ころもが》えついでに納戸《なんど》の整理をしたとき、遥さんが本入りの段ボール箱を二つ積み重ねて運んでいったの、びっくりしました。あとでおれもやってみましたけど、持ち上げられもしませんでしたよ」

「あれはコツがあるんだ。下手をすれば腰を痛める。よけいなことはするな」

「遥さんばかりに力仕事お任せするのも申し訳ないなと思ったんですよ」

「俺が問題なく体を使える間は俺がすればいい」

遥の言葉はぶっきらぼうで、仏頂面《ぶっちょうづら》には愛想のかけらも窺えない。けれど、付き合いが長くなればなるほど、佳人に向けてくれる情は濃く深くなっていっているのを、ちょっとした遣《や》り取りのうちに感じる。

佳人は素直に「はい」と頷《うなず》き、肩から鎖骨、首回りへと滑らせた手を胸板まで伸ばした。泡にまみれた手で薄く盛り上がった胸筋を撫で、ぽつっと突き出た乳首に触れる。

指の腹で捏《こ》ねたり、下から上に弾き上げるように弄《いじ》ったりすると、遥は僅かに身を捩《よじ》った。くすぐったいだけではなく官能を刺激されてもいるのか、唇を一噛みして目を伏せる。

「……そこばかり弄るな。しつこいぞ」

「少し大きくなりましたよ」

鏡の中で遥に睨《にら》まれても佳人は怯《ひる》まずにふわりと微笑みを返す。

弄り回すうちに充血して豆粒のように硬くなった乳首を摘まんでやわやわと擦ると、遥はいい加減にしろとばかりに佳人の手を摑み取る。

「そんなにこのあとベッドで泣かされたいか」

低めた声で脅しをかけられ、ざわっと全身に鳥肌が立つ。

攻勢に転じたときの遥の雄らしい色っぽさは、佳人の五感すべてを恍惚《こうこつ》とさせ、昂《たかぶ》らせる。品のある端麗《たんれい》な男が、猥雑《わいざつ》なセリフを躊躇いもなく口にしながら、猛々しい欲望を露《あらわ》にしてのし掛かってくる――想像しただけでゾクゾクする。

鏡に映る己の顔がほのかに上気し、潤みを帯びた目に誘っているとしか思えない淫蕩《いんとう》さが出ていることに気がつき、佳人は慌てて俯いた。

それを見て、遥がふっとおかしそうに笑う。

「大胆なのか恥ずかしがりなのかわからん男だな」

「どっちもですよ」

佳人は照れながらも開き直り、胸元から引いた手を遥の背中に戻すと、脇や腰など隅々まで撫で擦るように手のひらを動かした。

タオルやスポンジより、手や指を使って洗ってもらうほうが心地いいのか、遥は目を閉じて満ち足りた感じの吐息を洩らす。

隠しもしていない丸見えの股間が徐々に硬くなってきた。

遥はどうなのかと下腹部を覗き込んだところ、遥のものも兆《きざ》して形を変えかけている。自分だけがその気になっているわけではないとわかって嬉しい。

視線を上げた際、遥と目が合い、ちょっとバツが悪かった。おまえもか、と揶揄《やゆ》するまなざしをくれられ、遥の背中に隠れて鏡に映っていない己の下半身を見透かされたのがわかる。

「今度はおまえの番だ」

遥は風呂椅子から腰を上げてシャワーを手に取ると、自分の体と椅子の周りを簡単に流して佳人を座らせた。

遥の背中を流すのは慣れているが、自分が流してもらうのはいまだに遠慮が先に立つ。元々、尽くされるより尽くしたいほうだ。特に遥に対してはその気持ちが強い。出会ったときの事情が事情だったので、最初に抱いた恩義に報いたいという思いを引きずっているところがある。

落ち着かない心地で鏡に向かって腰掛け、ぎこちなく背中を任せる。

「あの、よかったらおれにはタオル使ってください」

「手で擦られるのは嫌か」

「……感じてしまって、我慢できなくなるかもしれません」

正直に言うと、遥はおかしそうに含み笑って、タオルを濡らしてソープを泡立てだした。

「俺にはしたい放題しておきながらよく言う」

「ここで仕返しするより、上でゆっくりしたほうがよくないですか」

「俺はどっちでもいい」

風呂場で喋ると声が反響して、よけい淫靡《いんび》さが増す気がする。遥の一言一言に性感を煽られる心地だ。性器はいよいよ硬くなって嵩《かさ》を増し、ごまかしようがないほどいきり立ってきた。

遥は佳人の背中を撫でるように優しく擦ったあと、腕を取って肩から指先までタオルを使う。腋《わき》の下や項《うなじ》も泡まみれにされた。

濡れた肌と肌とがくっつくたびに遥の体温や心臓の鼓動を感じる。

遥は胸元にまでタオルを伸ばしてくるが、わざとのように乳首には触れてこない。この場で先ほど佳人がしたことへの意趣返しをする気はないらしい。

きっと弄られるだろうと身構えていただけに、焦《じ》らされているようでせつなくなる。

そのうち物欲しげに乳首が勃ってきた。触ってもらうのを期待して体を疼《うず》かせているようで恥ずかしい。

「遥さん、あの……」

「すっかり臨戦態勢だな」

背後から抱きつく形で佳人の背中に被《かぶ》さってきた遥の腕が、下腹部に伸びてくる。

足の間でそそり立っている勃起を握り込まれ、佳人は艶めいた声を上げ、遥の肩に後頭部を預け仰《の》け反《ぞ》った。

泡のついた手で屹立を撫で擦り、陰嚢《いんのう》をやんわり揉みしだかれる。

「あっ！　あ、あ……うっ、あ、だめ……！」

手加減した遊びのような手つきだったが、佳人の弱みを知り尽くした愛撫に思わず声が出た。

ビクンッ、ビクンと淫らに腰が跳ね、尻がずり落ちかけたが、遥が胸板と片方の腕でがっちりホールドしてくれていたので、風呂椅子から転げ落ちるようなことにはならなかった。

反らして突き出す格好になった胸に息づく肉色の突起が我ながら卑猥《ひわい》で、思わず目を逸《そ》らす。

普段より大きく膨《ふく》らみ、ツンと乳暈《にゅううん》から隆起していて、赤みもぐんと増している。今この両乳首を摘んで指の腹で擦って嬲《なぶ》られたら、きっとはしたなく叫んで悶《もだ》えてしまうだろう。乱れた姿を晒《さら》すとわかっていても、乳首を放ったまま張り詰めた陰茎だけをやわやわと責められると、もどかしさが込み上げ、胸にも触ってほしくなる。

「……っ、あ……遥さ……、あ、ん……っ」

緩慢《かんまん》な手つきで薄皮をゆっくり扱《しご》き、括《くび》れを擽《くすぐ》るように指先であしらわれ、頭頂部を親指の腹で撫で回される。敏感な部位を巧みに刺激されて、下腹部にどんどん熱が溜まっていく。

ときおり奥底から淫靡な疼きが突き上がるように湧き出てきて、爪先から頭の天辺まで官能に満ちた痺れが駆け抜ける。

「あぁ、あっ、もっと……、お願い、もっと強く擦って……！」

鈴口からべたつく液が溢《あふ》れてきて、遥の指を汚す。

「もう漏らしているのか。堪《こら》え性がないな」

「ンンッ……う」

耳元に口を寄せて辱《はずかし》めるような言葉を吐かれ、佳人は肩を揺らして喘いだ。

「は、遥さんが、弄るから」

唇を噛んで乱れた声を抑えつつ、途切《とぎ》れ途切れに言う。

「触ってもらいたそうにこいつを揺らしていたのは、おまえだろう」

佳人の弱々しい抗議をあっさり退け、遥はぬるつく液を亀頭に塗り広げ、ガチガチに強張った茎をさらに上下に擦り立てる。

「はぁ、っ、あああ」

たまらず、佳人は腰を捻って上体を捩り、遥の濡れた裸の胸に縋《すが》りついた。

「だめ、出そう……っ」

「まだ早い。少しは我慢しろ」

散々煽っておきながら、遥は佳人に放出を堪えさせ、陰茎から手を離す。

代わりに宥《なだ》めすかすように唇を重ねてきた。

隙間をこじ開けて滑り込んできた舌で口腔《こうこう》を蹂躙《じゅうりん》される。搦《から》め捕《と》った舌を吸われ、溢れてきた唾液を舐め取り、淫猥《いんわい》な水音を立てながら接合を繰り返す濃密なキスに、体の芯が痺れて頭がぼうっとしてくる。

中途半端に追い上げられたまま放り出された陰茎がせつなかったが、自らの手で触るのは躊躇った。節操なしの淫乱だということは自覚しているし、今さら遥の前で慎ましやかな振りをしたところで無意味だと承知しているが、佳人にも羞恥心はある。我慢しろと言われた手前、意地もあった。

絡めた舌を引きずり出されて、きつく吸い立てられる。

佳人は喉の奥で呻《うめ》き、遥の胸板をまさぐるように手のひらを這わせた。

指が尖った乳首に触れたので、摘んで捏ねると、遥の体がピクリと引き攣《つ》る。

「……よせ」

色香を滴《したた》らせながら湿った息を洩らす遥に、佳人は歓《よろこ》びを覚えて昂揚《こうよう》した。

「ここ感じるんですね。以前はそうでもなかったみたいなのに」

「知らん。……おまえがよけいなことをするからだ」

きまりが悪いのか、遥は眉根を寄せて突《つ》っ慳貪《けんどん》に言う。

佳人はかまわず豆粒のように硬く勃った乳首を指の腹で押し潰し、再びぷっくりと飛び出たところを優しく撫でた。

「これ、あとでたっぷり舐めて吸ってあげますね」

佳人の言い方が猥《みだ》りがわしかったのか、遥は官能を擽られたかのごとく肌を粟立《あわだ》たせた。

嫌だと突っぱねられるかと思いきや、遥は「ああ」と低く答え、佳人の胸の突起に熱っぽい息を吹きかけた。

「おまえにもしてやる」

負けず嫌いなのは遥も同様だ。

佳人はふわりと笑って遥の唇を軽く一吸いし、「はい」と受けて立った。

2

「こんばんは。一人ですけど座れますか」

ガラッと格子戸を開けて店の中を覗き込んでみると、今夜も『伯仲』は賑《にぎ》わっていた。

「あ、いつもどうも。ちょっと窮屈《きゅうくつ》になりますが、こっちの端が空いてますよ」

四度目の訪れともなると、真宮の下で働いている弟子にも顔を覚えられ、どうぞどうぞと奥に促される。彼とは前回来たとき少し話をする機会があった。名前は井上《いのうえ》、二十二歳とのことだ。

佳人はカウンター席に肩を寄せ合うように腰掛けた客の後ろを通って奥へ行く。客同士が擦れ違うのもやっとという狭さで、お客のコートやジャンパーがぼちぼち壁に掛けられる時節にはさらに動きが取りにくくなりそうだ。

無愛想な店主が黙々と料理を作って出すだけの居酒屋だが、名嘉の言うとおりいつ来ても繁盛している。出されるものがどれも感嘆するほど美味しく、客単価もそれほど高くないため、何度でも足を運びたくなるのだ。

佳人の場合、真宮が自ら製作している陶芸作品に強く惹《ひ》かれており、なんとかもう一度真宮と話せないかと思い、そのためのきっかけ作りとして通っているのも確かだが、次第に『伯仲』そのものが好きになりつつあった。

外観も内装も古くて、建物自体はあちらこちらに傷《いた》みが目立ちはするものの、できる限りの修繕はされているし、掃除は行き届いている。柱に掛けられた投げ入れに生けられた草花は、慎ましやかだが存在感があって、目にすると心が和む。どうやらこの花器も手作りらしい。素朴で温かみのあるところや装飾のかけ方に、真宮の作だという器や皿と同じ味わいがある。昔気質の気難しげな親父、というだけではない風流な一面が垣間見《かいまみ》えるようだ。本職の料理に対しても、趣味の陶芸に対しても、真摯《しんし》で頑固で一本筋の通っていそうなところがいい。取っつきにくくても、佳人はそういう人物に心を動かされる。

「寒くなりましたね」

「もう十一月半ばっすからね」

隅の席に着き、蒸したお絞りを受け取るときに井上とちょっと言葉を交わす。

井上は普通にお喋り好きな、親しみやすい若者だ。佳人が話しかけると、嬉しそうに相手になってくれる。ただし、あまり馴《な》れ合いすぎると、真宮が不機嫌さを露にして「おい」とか「井上」と咎《とが》めるような声を投げつけてくるので、佳人も長話しないように心がけている。客である佳人に直接苦情を言いはしないが、内心快く思っていないであろうことは、いつにも増して表情が険しくなるところから察せられる。

井上は真宮のところで下働きを始めてまだ半年あまりという新人で、毎日何かしら怒られつつ修業中の身らしい。性格的に少々大雑把《おおざっぱ》で、呑み込みが早いほうではないらしく、佳人が店にいる間にも何度か「馬鹿野郎」と叱責されたり、忌々《いまいま》しげに舌打ちされて「もういい、どいてろ」と突きのけられたりしているのを見た。

友達感覚で客とへらへら笑って無駄口叩いてるんじゃねぇ、と言わんばかりの怖い顔つきで一睨みされたら、佳人まで心臓が縮む。これはきっとあとで怒られるんだろうなと心配になり、悪いことをしたと思った。「ごめんね、おれがいろいろ話しかけて引き留めて」と謝ると、井上は「いいっすよ」と言いつつ、反抗的な目つきで「いつものことっすから」と低い声で続け、本当に大丈夫なのかと不穏な心地になった。いろいろ腹の中に鬱屈《うっくつ》としたものを溜め込んでいるのが察せられ、下積みの苦労が忍ばれる。真宮のようなきつい性格の、職人肌の男の許《もと》で一人前になるまで辛抱するのは、相当の覚悟とやる気がなければ難しいだろう。『伯仲』に勤めだした経緯は知らないが、未成年だったときかなり素行が悪くて警察の世話になったこともあるらしく、調理師専門学校を出ても大手には就職できなかったような話をちらりと聞いた。そんな自分を受け入れてくれた真宮には感謝もしているが、厳しい指導の仕方に不満や憤《いきどお》りを湧かせることもままあるようだ。

真宮を見ていると、ただの偏屈な職人気質の老人だと片づけてしまえない、本性のようなものが別にある気がしてならない。裏の顔を持っているとまでは言わないが、昔は今とは全く違うことをしていたのではなかろうか。只者ではなさそうだと佳人が感じる理由の一つは真宮の目だ。

常に険しい顔つきをしているので、それだけで怖い印象があるが、ふとした拍子に見せる眼光の鋭さは、ヤクザの大物たちを何人も知っている佳人でさえ背筋が震えるほどの迫力がある。剃刀《かみそり》を項にあてがわれたような、ゾッとする類いの恐ろしさだ。その目で一瞥《いちべつ》されると、痩せ気味の体を紺地の作務衣に包んだ老人が仮の姿であるかのごとく思えてくる。一筋縄ではいかなそうな人物だ。

今夜も真宮は、四つ口あるコンロの前に立ち、二つも三つも鍋をかけて何品か同時に調理を進めている。

土曜日だが客は平日夜と変わらずサラリーマン中心で、次から次に注文が入る。

今日のところは食べたらすぐ出よう、と店の混雑ぶりを目にした時点で真宮と話すのは諦めていた。粘るべきときと引くべきときの見極めは大切だ。相手を不快にさせて感情を拗らせれば、進められたはずの話も進まなくなり、最悪引導を渡されかねない。元より気長に口説くつもりでいるので、時間はかかってもいいと思っている。

居酒屋に一人で入るときは日本酒ではなく生ビールを飲むことが多い。もっとも、一人で居酒屋に行くこと自体が稀《まれ》で、今回のように食事とは別の目的がなければ、まずなかった。一人ならば、帰宅して冷蔵庫の中の有りもの等で何か作って食べる。それを面倒だと感じたことはない。自宅で食事をするのが佳人は一番好きだ。遥がいてくれたらなお嬉しい。

ビールと、すぐに出してもらえそうなキュウリの叩き、じゃこと水菜のサラダ、そして毎回楽しみにしている刺身の盛り合わせをお願いする。

「はい、生中一丁。こちらはキュウリの叩きピリ辛っす」

井上が威勢のいい声と共に、ドン、と中ジョッキを佳人の手元に置く。名嘉が「旨いぞ」と教えてくれたキュウリを佳人も気に入って、来るたびに頼んでいる。

「この間はすみませんでした。今日は冷蔵庫の調子ばっちりですから」

井上に侘《わ》びを入れられて、ああ、と佳人は思い出す。

火曜日に来たとき、業務用冷蔵庫の一つに不具合があったとかで、出せないメニューが何品かあるとのことだったのだ。時にはそうしたアクシデントも起きるだろうから、別段珍しい話ではないのだが、たまたま佳人は、真宮が厨房機器メーカーの担当者らしき男を怒鳴りつけているところに来合わせてしまい、間の悪さに気まずい思いをした。

あの日はたまたま東品川《ひがししながわ》に用事があり、少し早すぎるかと思いつつ他に行くあてもなかったので五時半頃『伯仲』に来た。店が開く時間は六時ということになっているのだが、名嘉の話では日によって五時過ぎにはもう開いていることもあるらしいので、ひょっとして、と軽く期待して来てみたのだ。

準備中の札が掛かっていたが、出入り口の格子戸は三十センチほど開いていた。

真宮がいるなら声を掛けてみようと思って近づいていったところ、スーツ姿の四十代くらいと思われる男に口角泡を飛ばす勢いでクレームをつけている真っ最中だった。

とてもではないが割って入っていける雰囲気ではなく、佳人は慌てて後退り、出入り口から離れた。真宮は男に詰め寄り、冷蔵庫が設定温度まで下がりきっていなかったせいで、保管していた生鮮食品がことごとくだめになっている、どう責任を取るつもりだ、といった文句を捲《まく》し立てている。本気で怒っているのが声色に出ていて、関係ない佳人ですら震えそうになった。

めったに口を開かない普段の真宮ですら、尋常でない威圧感を醸し出していて、相対する者を萎縮させるほどだ。そんな男に怒気を剝《む》き出しにして責められたら、一言も反論できずにおののいているしかないだろう。

スーツの男はまさにそんな状態のようだった。ときどき「あの」とか「それは」といった弱々しい合いの手を挟むので精一杯らしく、おろおろするばかりなのが外にまで聞こえてくる声から察せられる。なぜこんな事態になったのか真宮が説明を求めて黙ったときだけ、絞り出すような調子で言い訳めいた言葉を必死に探して口にするが、全然事情を知らない佳人が端で聞いても、手配ミスや連絡ミスといった人為的な失態としか思えない。その上、謝罪するとき、内勤の社員が至らなかったせいでと繰り返し強調するので、なんとももやもやする。

最初は、一方的に責められているようだった担当者に同情的な気持ちが強かったが、二人の遣り取りを聞いているうちに、真宮が激昂《げっこう》するのも無理はないと思われてきた。言葉は荒っぽいし、凄むから、相手はまともに話す余裕がなくなり、動顚《どうてん》するのだ、と気の毒に感じるところはあれど、真宮の主張自体は正論に聞こえるし、無理難題を並べ立てて理不尽な要求をしているわけでもない。客観的に見てメーカー側の対応には今ひとつ誠意が感じられず、自分は悪くないと言いたげな担当者の態度は嫌な気分しか与えていなかった。

筋を通せば話はわかるし、一度懐《ふところ》に入れた相手には義理堅い。そんな任侠《にんきょう》っぽさを真宮に感じ、やはり香西や東原に通じるところがあると思った。決して張り子の虎ではなさそうだ。礼を尽くしてさえいれば、向こうもきちっと応《こた》えてくれるのではないか。反面、うるさく纏わり付いていると、蠅《はえ》か蚊を追い払うように叩き落とされかねない。気をつけようと自戒《じかい》した。

対応のまずさが気になった担当者は、結局真宮が言うだけ言って「もう帰ってくれ。仕込みの邪魔だ」と切り上げたことによって解放された。

佳人が来てから十分ほど経《た》った頃だ。どうにも立ち去り難くて、話が済むまで外で待つ格好になった佳人は、店から出てくるなり後ろ手に格子戸を閉め、ホッと安堵《あんど》の息を洩らした担当者の様子を、少し離れた位置から見ていた。これでどうにかやり過ごせたと言わんばかりの表情を浮かべ、悪びれもしていない感じでチロッと舌を出した担当者に、ちょっと呆れてしまった。見かけによらずしたたかで、裏表があるようだ。おとなしくて温厚そうで、営業向きな感じはしないものの、任された仕事は真面目にこなすタイプかと思いきや、実際は違うのかもしれない。

担当者が佳人に気づかず立ち去ったあと、佳人は遠慮がちに戸をスライドさせて少し開け、首から上だけ隙間から入れた。

「すみません、もうやってますか」

「……まだだが、入りな」

まだだ、まで聞いたときには、てっきり出直せと言われると思ったが、続く言葉は予想外だった。虫の居所が悪くて当然、少なからずとばっちりを受けて冷たくあしらわれるかもしれないとも考えていたので、どういう風の吹き回しかとむしろ困惑した。

流し台で鍋を洗っていた井上も少なからず動揺しているのがわかった。今にも拳《こぶし》が出そうなほど荒ぶった真宮にヒヤヒヤしながら、固唾《かたず》を呑んで成り行きを見守っていたのだろう。まだ緊迫感を引きずっている様子だ。真宮の気性の激しさは知っているはずだし、自分自身も怒られ慣れているだろうが、そんな井上ですら腰が引けるほどの憤り方だったらしい。

担当者が帰ったあとは嵐が去ったように黙り込み、いつも以上に重苦しい空気が降りていたことが店内に入れてもらってわかった。正直、居心地がいいとは思えなかったが、佳人に当たるつもりはさらさらないようだ。まだ準備中だったにもかかわらず、手ずからビールを注いでくれた。

終始むっつりしたままではあったが、先ほどの騒動を佳人が知っていることに真宮は気づいていた気がする。やはり単なる怒りっぽい老人ではないと思った。井上を指導しているところを見ていても感じるが、やるべき事をやらない適当な人間が好きではなく、腹が立つのだろう。口先だけで謝ったり、ごまかしたりされるのもだめで、本当に真っ直ぐな気質らしかった。

客に対してもその姿勢は一貫していて、同じように開店前にふらりと来ても、態度が傲慢《ごうまん》だったり、無礼だったりすると「帰ってくれ」と突っぱねる。好き嫌いは激しそうだが、真宮なりの基準は佳人にも理解できたし、自分もどちらかというと真宮寄りで好悪を抱くほうかもしれないと思った。

「冷蔵庫、直ってよかったですね」

佳人はそっと真宮の様子を目の端で窺いつつ、火曜日の一件を思い返して井上に言った。

「なんかあの担当さんときどき抜けてるところがあって、あれとは別件だけど、やらかしたのも初めてじゃなかったんっすよ」

「それで親父さんも半端なく怒ってたのかな」

井上との長話は真宮の機嫌を損ねると承知しているので、真宮の怒声が飛んできそうな気配になったらすぐ切り上げるつもりで話を続けた。幸い、真宮は鯛《たい》を刺身用に捌《さば》きながら目の前の常連客が熱心に語る釣りの話に相槌《あいづち》を打っていて、こちらを気にしてはいなそうだ。真宮にもじゃけんにしづらいことはあるようだ。

「まぁ、口うるさいし、ヒートアップするとこっちの胸グサグサ抉《えぐ》るようなこと言い散らかすから、俺的にはあの人にも同情してますけどね。あれから親父さん、なんかあの人が気に食わないみたいで、目の敵《かたき》にしてるっぽいし」

「目の敵?」

冷蔵庫はちゃんと直ったと言っていたのに、目の敵とはなんとも不穏だ。

「向こうもうんざりしてるのか、昨日も来るはずだったのにすっぽかされたんっすよ。親父さんももう何も言ってなかったっすけど」

手応えのない人間にはかまうだけ無駄だと、擲《なげう》った感じなのだろう。

「メタクソ怒られて逆ギレした仕入れ先の人とかもいましたからね。あちこちで恨み買っててんじゃないかと思いますよ」

最後はヒソヒソと佳人にだけ聞こえるくらいにまで潜《ひそ》めた声で言い、そろそろ真宮に一喝されそうだと思ったのか、サッと離れていった。

確かに、真宮を苦手だと感じる人は少なくないだろうな、と思いながら、佳人はキュウリの叩きをつまみにしてビールを飲み始めた。

佳人が座っているカウンター端の席の先には、暖簾が掛かった出入り口がある。そこから先は自宅になるようで、今まで佳人は人が行き来するのを見たことがなかった。

ふわりと暖簾が揺れるのを目の隅で捉え、反射的に顔を向けると、店舗スペースとの境にほっそりとした少年が佇《たたず》んでいた。

何も考えずに振り向いた佳人と、中学生くらいらしい少年の目が真っ向からぶつかる。

一瞬佳人は思考が止まって呆然《ぼうぜん》としてしまった。突然奥から現れた少年に完全に意表を衝かれた心地だ。すぐに気を取り直して、ああ、と納得したが、その間に少年は佳人の横を擦り抜けてカウンターの中に入っていた。なかなかに綺麗な顔立ちをした印象的な雰囲気の少年だが、表情は能面のように硬く、取っつきにくさは真宮以上かもしれない。

名前は知らないが、この少年が真宮と二人で暮らしているという孫に違いない。佳人は名嘉に教えてもらっていたことを思い出す。そういえば名嘉も土曜日に見かけたと言っていた。学校が休みのときだけ店を手伝っているようだと。

愛想のかけらもない子だが、身のこなしに品があり、中学生とは思えない優雅さを感じる。子供には縁がないので、他の子と比べてどうかはわからないが、真宮の孫と思しき少年が人を惹きつける佇まいをしているのは確かだ。

長袖のTシャツにジーンズというなんの変哲もない姿だが、手足がすらりと長くて全身が絞ったように細く、スタイルのよさがはっきりわかる。それに藍染《あいぞ》めのエプロンを着けていた。かなり痩せているように見えるが、身長はさほど高くないので、不健康な印象は受けない。色白だがニキビ一つなくて清潔感がある。

これだけの見てくれをしていれば、どこに行っても注目されるだろうが、無表情で陰気な雰囲気がせっかくの外見から見事に華を奪っている。あえて本人自身が己を目立たせないようにしているかにも思われる。あまり人と交流するのが好きではなさそうだ。名嘉も、ほとんど喋ってくれなかったと言っていた。

「冬彦《ふゆひこ》。勉強はすんだのか」

真宮が少年に言うのが聞こえた。

冬彦と呼ばれた少年は黙ってこくりと頷く。祖父にもあまり打ち解けているふうではない。どのくらいの期間一緒に住んでいるのか知らないが、まだお互いよそよそしいというか、馴染めていない感じがする。家の中で二人がどんな会話をするのか、佳人には想像もつかなかった。

冬彦はカウンターに入ると、溜まっていた鍋や皿を手際よく洗いだした。

井上とも最初に会釈《えしゃく》して挨拶を交わしたきりで、必要な遣り取り以外しない。無口な祖父と無口な孫に挟まれて、井上はさらにやりにくそうにしている。はっきり言って、井上より冬彦のほうがよほど仕事熱心で、要領もよく、捌けるようだ。井上にしてみれば、手伝ってもらってありがたい反面、複雑な心境なのかもしれない。

厨房で洗いものや食器出し、注文取りなどをてきぱきこなす冬彦の姿をなんとなく見ていると、井上が「お造りっす」と一人分の刺身盛り合わせを持ってきてくれた。

「あの子、親父さんの孫っす。十四だったかな。すげぇ気が利くんで、あの子が来ると俺ちょい立場なくすんっすよね」

井上はそんなふうにぼやいて、持ち場に戻る。

きっと頭がよくて学業成績もいいのだろう。佳人は冬彦のことをあれこれ推測した。ほっそりしているが、それなりに筋肉がついた体型をしているので、スポーツも何かしている気がする。部屋に籠もって読書やゲームばかりしているわけではなさそうだ。

これでもう少し明るく朗《ほが》らかなら、女子からも男子からももてはやされると思うのだが、どうも冬彦は他人に対する関心が希薄《きはく》のようだ。興味がないのか、関わるのが面倒なのか。なんにせよ、警戒心の強さを感じる。気易く心を開きそうにないところは祖父譲りなのだろうか。

なぜか冬彦のことが頭を離れず、佳人はどうしてだろうと我ながらおかしくなった。

昔の自分と似ているとは思わない。もしかすると、中学時代の遥はこんな感じだったのかもしれない。ああ、と佳人はようやく腑《ふ》に落ちた。だから自分は冬彦が気になるのだ。つい一挙手一投足《いっきょしゅいっとうそく》を目で追ってしまう。佳人は冬彦に在りし日の遥を重ねているようだ。

つらつらととりとめのないことを考えるうち、ビールがなくなった。

「すみません」

いつもどおりに声を掛けると、「はい」と近づいてきたのは冬彦だった。

これには佳人も心構えができていなくてドキリとした。今の今まで冬彦を通して遥の昔の姿を見ていた己の胸の内を、この聡明で洞察力のありそうな少年に気づかれるのでは、と半ば本気で不安になる。想像だけにせよ、未成年を相手に不埒《ふらち》なまねをしたようで恥ずかしかった。実際は至って健全なことしか考えていなかったのだが、それでもだ。

もちろん冬彦は佳人がそんなことを考えて気まずい心地でいるとは知るはずもなく、にこりともせずに佳人の言葉を待っている。

「あ、えっと……日本酒、もらえるかな」

ビールと言うはずだったが、間違って日本酒を頼んでしまった。

「はい。銘柄《めいがら》は」

感じが悪いとまでは思わないが、淡々としていて、突き放した物言いをする。話がしたいと思ってもとりつく島がなく、一線を引かれているようだ。大人びた印象もあるが、そうあろうとして感情を抑えているようにも思えた。

「八海山《はっかいさん》。あったよね、ここ」

前に名嘉と飲んだ酒の名称を挙げる。

「はい」

冬彦はメニューをすべて覚えているらしく即答する。

「冷やで一合、徳利でお願いします」

冬彦はこくりと頷き、しばらくして焼きものの杯が十何個か入った籠《かご》を手にして戻ってきた。この中から好きな杯を選ぶのだ。

「うーん、迷うなぁ。どれもいいよね。これ、お祖父さんが集めたものなんだってね。各地で開催されている陶器市や、旅行先の地元の陶器店とかで一つずつ買ってきた物だと聞いたよ」

杯を選びながら佳人は冬彦に話しかけてみた。

返事は期待していなかったが、冬彦は控えめな声で「はい」と答えてくれた。オーダーを取っていたときの話し方とは微妙に違い、短い一語の中にも感情が滲《にじ》んでいた気がする。佳人に感じとれたのは、冬彦は祖父が好きらしいということだけだが、それだけでも充分だと思えた。

冬彦の表情にこれとわかる変化はなかったが、心持ち目つきが柔らかくなった印象を受ける。

ふと視線を感じて、放たれたと思しき方に目をやると、真宮が包丁を握ったまま手を止めて、眇《すが》めた目でこちらを見ていた。孫まで懐柔《かいじゅう》して取り入るつもりか、と不愉快に思われたのかもしれない。誤解されては困るとヒヤッとしたが、真宮は佳人と目が合うなり顔を伏せた。そのまま魚を捌く作業に戻る。どうやら怒ってはいないようだ。睨まれもしなかったし、冬彦を呼び戻そうともしなかった。

少しくらいなら冬彦を引き留めて話をしてもかまわないのかもしれない。真宮も冬彦があまり他人と交流しないのを心配していて、佳人とでもいいから打ち解けてくれれば、と思ったようでもある。年齢的には井上のほうが佳人よりずっと冬彦に近いが、冬彦は井上にはよそよそしい。井上も冬彦を煙たがっている節があり、お互いあまり親しくなれなそうだ。

「きみはどれが好き？　おれはどれも気に入りすぎてしまって一つ選べない。代わりに選んでくれないかな」

佳人は冬彦との会話のきっかけになればと思い、そんな提案をしてみた。

いきなりそんなことを言われても困ると無視される可能性もおおいにあったが、冬彦は佳人の顔を大人びたまなざしでちらりと見て、迷うことなく一つを手に取り、佳人に差し出した。

「あ、うん。これいいよね」

ざらっとした手触りの乳白色の地に、優しい色味の茶、緑、黄土色が溶け込むように色づけされた綺麗なお猪口《ちょこ》を、冬彦は佳人に選んでくれた。

「ありがとう。きみもあと五、六年すれば飲めるようになるのかな」

「はい」

話しかければ冬彦はとりあえず受け答えはするが、「はい」以外の言葉はなかなか喋らない。人見知りするのか、相手になかなか心を開けない性分なのか、これはかなり手強そうだ。他愛のないお喋りをするだけにしても段階を踏む必要があり、初対面でいきなり胸襟《きょうきん》を開けるタイプではないらしい。

考えてみれば、冬彦くらいの年齢の子供と話す機会などめったにない。前に成り行きから四歳の女児を二日ほど預かった経験はあるが、それとは全然違う。佳人自身は人見知りしないし、どちらかといえば話しかけられやすいほうだと思うのだが、自分の歳の半分もいっていない相手との接し方が今ひとつわからず、心許なかった。佳人のほうも手探り状態だ。

「中学……何年生？」
二、と冬彦は指で示す。
「じゃあ十四歳かな。それともまだ十三歳？」

「十四、です」

今度は口を開いてボソリと返事をしてくれた。こうして根気よく話しかけていれば、いつかは打ち解けてくれるのではないかと希望が持ててきた。

「いつも土曜日の夜は店を手伝っているの？」

こくり、とまた冬彦は頷きで返す。やはり一足飛びにはいかないようだ。

何度か顔を合わせて、冬彦が佳人に興味を持ってくれれば、もっと喋る気になってくれるかもしれない。佳人自身は冬彦にすでに関心を寄せていて、どういう子なんだろう、と知りたい気持ちが膨らんでいた。

まだまだ聞きたいことはたくさんあったが、あまりしつこくすると引かれそうで躊躇っているうちに、冬彦が佳人の顔をじっと見つめていることに気がついた。涼しげな印象の聡明そうな瞳が、もの問いたげに向けられている。目の感じがちょっと遥に似ているな、と思った。それだけで軽く昂揚し、ますます冬彦に親近感が湧く。

「おれは三十。二月が来たら三十一になる」

冬彦のまなざしが訴えているのは、こちらに質問するばかりではなく、そっちのことも聞きたい、ということなのかと推察し、佳人はとりあえず年齢を教えた。

冬彦は目を瞠《みは》り、唇をうっすらと開きかけた。はっきりと表情が顔に出たのはこれが初めてだ。よほど想像と違っていたのだろう。そんな歳には見えない、せいぜい二十六、七かと思った、とよく言われるので、冬彦も意外だったようだ。

「きみからしたらおじさんだよね。ごめんね、あれこれ話しかけて」

冬彦はすでに元の無表情に戻っており、微《かす》かに首を横に動かした。べつにそんなことはありません、という意味だと受け取っていいのだろうか。

佳人も冬彦の様子を見ながら慎重に接していた。僅かな顔色の変化を見逃すと失敗して二度と近づいてくれなくなりそうで気を遣う。

そろそろ行ってしまうかな、と思って少し間を空けてみたが、冬彦はまだカウンター端にいて動く気配はない。

あ、そうだ、と遅ればせながら佳人は気がついた。

「名前、まだ言ってなかった。おれは久保《くぼ》と言います。久保佳人」

名乗ったところで冬彦がそんなことを知りたがっているかどうかわからなかったが、少なくともよけいな発言ではなかったようだ。

冬彦は小さく頷くと、気恥ずかしさをやり過ごすかのごとく目を伏せ、「真宮冬彦」と独り言のように口早に自分の名前を言った。

そして、唐突に真宮の許に戻る。

包丁を使っていた真宮が冬彦に一言二言何か言ったが、声が低すぎて佳人の耳にまでは届かなかった。冬彦も何か返事をしたようだが、それももちろん聞き取れない。その後真宮が佳人にちらっとくれた視線は穏やかだった。冬彦も佳人を悪くは言わなかったのだろう。

「あの子も大きくなったなぁ」

隣からそんな声が聞こえてきた。

佳人の横に席を占めているのは五十代くらいのサラリーマン二人連れだ。佳人の傍にしばらく冬彦がいたので、そんな話題になったようだ。

「最初この店を始めたときは、芳美《よしみ》ちゃんまだお腹大きくなかったんだよな」

「そうそう。たまに店手伝ってた。派手な服着て化粧濃かったけど、綺麗な顔してた」

冬彦の母親のことらしい。

二人共ほどほどに酔っていて、ひとたび昔話を始めると止まらなくなったようだ。噂も交えてあれやこれやと喋りまくる。『伯仲』開店当初からの常連客らしく、やたらと真宮の個人事情に詳しかった。不調法だと承知で、佳人はつい聞き耳を立てた。

「結局、芳美ちゃんを孕《はら》ませた相手、誰だかわからないんだろ。真宮の親父さんも知らないようだしさ。この店に来る客の中にも芳美ちゃん目当て、多かったしな」

「一時期、どこかの部長だかってのが、色白のすらっとした若い部下連れてきてたじゃない。そいつが怪しかったな。あの子にちょっと似てた気がするし」

「いや、俺はむしろ部長のほうじゃないかと思うね。だから芳美ちゃん捨てられて、未婚で産んだんじゃないの。二十歳ちょうどだったの覚えてるよ」

「親父が店を出す前は、学校にも行かないで遊び歩いてたって本人が言ってた。高校は中退したらしい。元々男関係乱れてたようだから、店の客は関係ないのかもしれないな。親父の目もあったろうし。親父さん、怒ると怖いし、頑固で融通きかないところあるから、誰が相手でも名乗り出るのは勇気がいっただろうな」

「ああ。だから結局、芳美ちゃんも耐えられなくなって出ていったのかねぇ」

出ていった、と聞いて、佳人はピクリと指を引き攣らせた。

真宮と二人暮らしと知った時点で事情はさておき今両親と一緒に住んでいないことはわかっていたが、出ていったの一言で遥の過去が脳裡に浮かび、やるせない気分になってきた。いっそう冬彦のことが気になりだす。

「芳美ちゃんがあの子残していなくなったの十年前だよな。子供産んでからは店に出なくなってたから、しばらく誰も気づかなかったけど、そういやあの頃親父さんずっと虫の居所悪かった」

「いやぁ、あれからもう十年になるか。早いよなぁ。俺たちが定年迎えるまでもきっとアッという間だぞ」

「ああ。おまえ定年後のこととか考えてるか？」

そこから話は逸れて、もう冬彦や真宮の話題は出そうになかった。

佳人は再び洗いものを始めた冬彦をさりげなく見つつ、あの無口さと警戒心の強さは、そうした家庭の事情にも影響されているのだろうと思った。佳人自身、高校のときに人生を百八十度変える事態に遭遇し、以来一般的でない経験を山ほどしてきたので、冬彦が身を置く境遇《きょうぐう》が他の人よりは理解できる気がする。遥と状況的に似通っているところにも格別な思いを抱く。遥がこの場にいれば、おそらく佳人以上に冬彦に感情移入し、複雑な気持ちになるのではなかろうか。

冬彦の境遇を知ったからといって、佳人に何ができるわけでもなく、こうしてたまに店に来て様子を確かめるくらいがせいいだ。そこは佳人も弁えており、出しゃばるつもりは毛頭《もうとう》なかった。他人と接するのは不得手でも、頭がよくて何をさせてもそつがなさそうなので、仕事を選びさえすれば社会人になってもうまくやっていけるのではないかと思う。

メインに頼んだ一口カツを食べ、おにぎりとなめこ汁で締めて、「お勘定お願いします」とカウンターの中に向かって声を掛けた。

うっす、と応えてくれたのが井上だったので、てっきり彼が伝票を持ってくるのかと思いきや真宮が来た。これは何か一言言われるのかと緊張する。今まで真宮が会計をするところは見たことがない。冬彦のことだろうかと身構えた。

真宮は相変わらず仏頂面だったが、ピリピリした感じはせず、機嫌は悪くなさそうだった。伝票を差し出してきながら、渋みのある重たげな声で、唐突に「明日」と言われ、佳人は意表を衝かれて息を止めかけた。何が明日なのか、何の話をしようとしているのか、まるで見当がつかず不安だけが膨らんだ。いい話より悪い話の確率のほうが高いとしか思えなかったのだ。

「……明日、店は休みだ」

はい、と佳人は神妙に相槌を打つ。『伯仲』が日曜休みなのは知っている。真宮の目を見ても佳人には続く言葉が予想できなかった。他人に易々と腹の中を察しさせない。それが底の知れない怖さに繋がっている。東原あたりも一緒だ。そこはかとなく醸し出される大物感は、こうしたところにも関係があるのかもしれない。

「あんた、儂の焼いた器が見たいと言っていたな」

続けられた言葉に佳人は一瞬息を詰め、勢いよく「はい！」と返していた。

全然予期していなかった方向に話の矛先《ほこさき》を向けられて、驚きのあとに嬉しさが来る。

「気が変わってないなら、明日来い。店は閉まっているが、隣のビルとの隙間を通って裏に回ったら玄関がある」

気など変わるはずもなく、佳人はもう一度「はい」と声を弾ませた。

来るたびに器の話をすると、真宮に鬱陶《うっとう》しがられて「もう来るな」と出入り禁止にされかねないと慮《おもんぱか》り、前回あえて話題にせずにいた。今日も冬彦とはちらっと話したが、真宮とは言葉を交わす機会もなかった。

「ぜひお邪魔させてください。何時にお伺いすればよろしいですか」

よもや真宮がこんなにあっさり佳人に作品を見せる気になるとは、いったいどういう風の吹き回しなのか訝《いぶか》しい。何が真宮を動かしたのか、思い当たることがあるとすれば冬彦と話したことだけだ。冬彦が佳人と多少なりと打ち解けているのを見て、孫可愛さに気をよくしたのかもしれない。なんであれ、佳人には願ってもない流れだ。

「午後からなら何時でもいい」

「では、二時頃お伺いします」

明日は特に予定はなかったので、佳人は予定表も見ずに言った。真宮も承知して頷く。

ひょっとすると冬彦にも明日また会えるかもしれない。会えるなら、店よりは自宅でのほうが話しやすいのではないか。手伝いとはいえ仕事の合間に話すのは、真宮や井上の手前気兼ねするだろう。

しかし、冬彦は今夜これから予定があって、明日の夕方まで家にいないらしかった。

真宮は佳人の返事を聞くと井上に会計を任せて調理場に戻った。その際、洗いものをしていた冬彦に「そろそろ時間じゃないのか」と声を掛けたのだ。

「約束九時なんだろう。いくら近所でも、グズグズしてると遅れるぞ」

九時からどこかに行くのか、と佳人は首を傾げそうになったが、よくあることなのか、おつりを佳人に渡してくれながら井上が教えてくれた。真宮と冬彦の遣り取りを気にかけたのが顔に出ていたらしい。

「仲いい子が近くに住んでるんですよ。週末ときどき一緒に勉強して、そのまま泊まってるみたいっす。たぶん明日、向こうの親に映画にでも連れていってもらうんじゃないかな。牟田口《むたぐち》さん面倒見いいから」

それを聞いて佳人は、冬彦にも友達はいるのだとわかって安心した。学校でもあんなに無口なら、クラスで浮いていたりしないのだろうか、などとよけいな心配をしていたのだ。我ながらお節介焼きだと苦笑する。大口を開けて陽気に笑っている姿は想像しにくいが、同年代の子とは案外うまく付き合えているのかもしれない。大人と話すときほどは硬くならないのだろう。

ご馳走様《ちそうさま》でした、とカウンターの中に向かって声を掛け、表に出た。まだ冬彦もいて、顔を上げて会釈してくれた。頭を下げたかどうかわからない程度の会釈だったが、見送ってくれただけでもほっこりする。いつか冬彦の笑顔が見たいと思った。

外は気温が低く、冷たい海風が頬に吹きつけてきて、寒さにトレンチコートの襟を立てた。

今年もあと五十日あまりで終わるのかと、カレンダーを頭に浮かべて嘆息する。歳をとると月日の流れが早く感じられると聞くが、その感覚がわかりかけてきた。

明日は手土産に何を用意すればいいだろうか、と思案しながら駅に向かって歩きだす。

ふと、対向車線の路肩に寄せて停まっている車に目を留めた。夜目に目立ちにくい黒っぽいボディの乗用車だ。この辺りは路上駐車の多いところで、それ自体はよく見る光景なのだが、運転席と助手席に厳つい顔をした男が二人乗ったままなことに注意を引かれた。

気のせいか、二人も佳人をチラチラ見ているように感じる。

不審な車、怪しい二人組の男たち。

もしかすると組関係の人間かもしれない。男たちの発するニオイが嫌な記憶を呼び起こす。

なぜこんなところにそういう怖そうな連中がいるのか。何が目的なのか。

気になるが、あまり見ると難癖《なんくせ》をつけられそうで躊躇《ちゅうちょ》する。組関係だとすれば、下手に相手を見るのも危険だ。中にはちょっとしたことで絡んできて暴力を振るう連中もいる。そういう輩《やから》は一般人でもおかまいなしだ。二人の正体がはっきりしない以上、ここは何も気がついていない振りをして立ち去ったほうがいい。

佳人は努めていつもと変わらぬ歩調でその場を離れた。

反対側の歩道にいたので車の傍を通ったわけではないのだが、佳人が行き過ぎるまで視線を向けられていた気がする。しつこく見られはしたものの、視線そのものは粘着的でも攻撃的でもなく、佳人に強い関心があるわけではなさそうだった。いちおうチェックはしたものの、無関係だとわかってやり過ごした――言ってみればそんな感じだ。

佳人が見られたのは、『伯仲』から出てきたからかもしれない。あの二人は『伯仲』を見張っているように思える。

あそこにいる客に用があるのか。それとも真宮か。

真宮だとすると、何かトラブルでもあったのだろうか。

怒ると容赦なく罵詈雑言《ばりぞうごん》を浴びせる男のようなので、どこかで敵を作っていたとしても不思議はない。本人は筋を通しているだけだとしても、逆恨みする者もたぶんいる。

真宮が心配だったが、すべては佳人の勝手な推測で、実際は全く違うのかもしれない。

明日また真宮に会うことになっているので、とりあえずそのときちらっと不審な男たちを見かけたと話しておこう。心当たりがあれば真宮が自分で手を打つだろう。

電車に乗る前に、遥に「今から帰ります」と一本電話を入れた。

「何かいるものがあれば買ってきますよ」

『いや。それより、とっとと帰ってこい。日が落ちてから急に寒くなっただろう』

「はい。寄り道せずにすぐ帰ります」

遥の声を聞いただけで佳人の胸はじんわり温まり、寒さなど感じないのだが、そんなふうに言われると嬉しくて飛んで帰りたくなる。

お互いずいぶん素直に相手を気遣う言葉が出せるようになったなと思う。

明日は家でゆっくりするつもりだったが、真宮が思いがけず自宅に招いてくれたので、また遥と別行動になる。残念だ。べつに何をしようと計画していたわけではないが、遥も少しはがっかりするだろう。

その分、今夜は遥を大事にして、精一杯埋め合わせしたい。

遥にこれからしてあげられそうなことを考えるだけで心が浮き立った。

3

真宮に言われたとおり、隣のビルとの間の一メートル半ほどの隙間を通って自宅側の玄関に回り込むと、佳人は呼び鈴を鳴らした。

ピンポン、と家の中で音がするのが玄関ドア越しに聞こえる。

少しだけ緊張しながら、室内で足音がするのを今か今かと待ったが、一分近く経っても物音一つ聞こえてこない。

おかしいなと佳人は首を傾げた。

確かに二時に約束したはずだ。腕時計を確かめても、今まさに針は二時きっかりを差している。他人に迷惑をかけるな、と井上や取引先の担当者を叱責していた真宮が、なんの連絡も寄越《よこ》さずすっぽかすとは思えない。他人に自分にも厳しく、義理堅い男だということは、言動を見ていればわかる。

最初に挨拶したとき渡した名刺を捨てるかなくすかして、佳人の連絡先がわからなくなったのだろうか。急な用事ができて、連絡の取りようもなくやむなく留守にしたのならば仕方がないが、楽しみにしていただけにがっかりだ。

「真宮さん」

念のため声を掛けてみたが、家中シンとしたままだ。

自宅の電話番号は聞いていないのでわからない。むろん、真宮が携帯電話を持っているとしても、そちらの連絡先も知らなかった。しまったな、としくじった気持ちになる。まさか昨日の今日の約束を違《たが》えられるとは思ってもみず、万一のときの連絡方法を確認するのを怠《おこた》った。

仕方がない。今日のところは出直すしかなさそうだ。

あとで冬彦が食べてくれるかなと思って、神宮前《じんぐうまえ》まで足を伸ばして佳人も好きなパティスリーのケーキを手土産に持参したのだが、無駄になってしまったようで残念だ。手に持った紙袋を見下ろし、溜息をつく。

帰ろう、と諦めて踵《きびす》を返しかけたとき、ふと、玄関横の小窓が薄く開いていることに気がついた。五、六階建てのビル二棟が真宮の店舗兼住宅を囲むように立っていて、通りすがりの人の目につきにくい場所とは言え、いささか不用心だ。

まさかという気持ちで玄関のドアノブを動かしてみる。

信じがたいが、施錠されていなかった。

「真宮さん。ご在宅ですか？　久保です」

昔ながらの狭い玄関先に一歩足を踏み入れ、奥に向かって呼びかける。

短い廊下の先に台所と思しき板間が見え、左手には磨《す》りガラスが使われた引き戸、玄関からす

ぐのところに傾斜の急な階段があった。

やはり応答はなく、人がいる気配も全くしない。

だが佳人は何か違和感を感じて、すぐに立ち去るのを躊躇った。

なんだろうと考えて、三和土《たたき》に置き去りにされたサンダルのせいだと気づいた。あまりにも行儀悪く脱ぎ散らかされているのが、真宮らしくないと思えて引っ掛かったのだ。片方は蹴散らかされたかのごとくひっくり返っている。まるで誰かが慌てふためいて出ていった跡のようだ。

よく見ると、上向きになったままのサンダルに黒ずんだ飛沫がある。

屈《かが》んで顔を近づけて確かめると、血痕のようだった。すでに乾いているが、靴擦《くつず》れなどで出血したものでないことは、飛沫の形から明らかだ。

嫌な予感が押し寄せる。

「真宮さんっ?」

佳人は手にしていた紙袋をその場に置き、無断で他人の家に上がり込んでいた。

きちんと閉められた引き戸には触りもせず、廊下の先の板間を見に行く。靴があんなことになっているのに、引き戸は落ち着いて閉めたとは考えにくい。何かあったとすれば向こうだろうと勘が働いた。

予想通り板間の部屋は台所だった。

電気は消えており、隣接するビルのせいで窓はあっても採光を遮られ、昼間でも薄暗かったが、

目が慣れるといろいろ見えてきた。

突き当たりにある出入り口に暖簾が掛かっている。部屋が暗くて色柄まではっきりとはわからなかったが、『伯仲』でいつも見ている暖簾に違いない。ここと店舗が繋がっているのだ。

最初に目に入ったのは暖簾だったが、床に視線を落とした途端《とたん》、佳人はギョッとした。六畳ほどの広さの台所に何か横たわっている。人間の体のようだ。人が倒れている。

「ま、真宮さん……？」

声を掛けたがピクリとも動かない。

室内の明るさが足りず、何がどうなっているのかよく見えなかった。

出入り口付近の壁を探して電灯のスイッチを入れ、天井灯を点ける。

作務衣姿の男が中央付近に俯《うつぶ》せで倒れている。

佳人はひっ、と息を呑み、反射的に後退った。足がよろけて尻餅《しりもち》をつきそうになったが、なんとか踏み止まり、壁にドンと背中をぶつけて、そのまま凭《もた》れかかった。

横向きになった顔を見るまでもなく真宮だ。すでに事切れているのは一目見てわかった。生命の息吹をまるで感じない。不自然に固まった指は、死後硬直が始まっているのだろう。背中には作務衣の紺地が変色するほど大きな血の染みが広がっている。相当出血したようで、床にも血が流れていた。

恐ろしくて近づいてみる気になれず、遺体に触れることはもちろん、それ以上直視するのも怖

かった。ヤクザの親分に長い間囲われていた佳人も、さすがに他殺体を見るのは初めてだ。

昨日まで普通に働き、生きていた人間が、今目の前で死んでいる。それも、状況からして十中八九何者かに殺されたのだ。にわかには信じられず、悪い夢でも見ているようだった。

脚がガクガクし、気分が悪くなってきた。

震える指でポケットからスマートフォンを取り、警察に通報する。

警官が到着するまでその場にいてくださいと言われたので、玄関先で待った。

五分ほどで近くの交番勤務と思しき制服警官が二名やって来て、現場を見るなり本部に連絡を入れていた。

それから先は刑事ドラマのような展開だった。

野次馬が入れないよう規制線が張られ、スーツ姿の刑事が十名近くやって来た。鑑識も到着し、現場検証と遺体の検視が行われる。

靴をビニールで覆った捜査官が何人も上がり込んできて、自宅のみならず『伯仲』の店舗内もくまなく捜索する。

佳人は玄関の左手に位置する部屋で、刑事二人から発見の際の状況を聞かれた。

何をしにここを訪れたのか。真宮とはどういう関係なのか。鍵は開いていたか。誰か不審人物を見なかったか。さらには、午前一時から三時の間、どこで何をしていたかまで確認される。

「家で寝てました」

いわゆるアリバイを確かめられているのだろう。死亡推定時刻が出たらしい。

「誰かそれを証明してくれる人はいますか」

「同居人がいますので、彼に聞いてもらったら証明してくれると思いますが」

「ご家族ではないわけですね」

「……はい」

あまり気分のいい質問ではないなと感じつつ、佳人は肯定《こうてい》した。べつに目の前でメモを取っているこの刑事が不躾《ぶしつけ》だとは思わないが、こういう言われ方をすると世間一般から疎外されている気がして少し滅入《めい》る。殺人事件に遭遇し、遺体の第一発見者になるという昨日まで考えもしなかった事態に直面したため、今精神的に非常に不安定になっている自覚はある。普段なら気にも留めない一言に引っ掛かりを覚えたり、ナーバスになりやすかったりするのかもしれない。

警察に通報したあと、遥にも電話を入れて、「大変なことになりました」と自分が置かれた状況の説明はした。すぐには帰らせてもらえないだろうと予測したからというのもあるが、一人で不安だったので遥の声を聞いて勇気づけてほしかったのだ。

『訪ねた先で……人が殺されていた？　おい。おまえ、大丈夫か』

めったなことでは動じない遥も、殺人事件と聞くと絶句した。

「はい。おれは今のところ問題ありません。今は表で警察が来るのを待っています」

遺体が見える場所にはとうていいる気になれず、玄関ポーチに所在なく立ったまま、警官が駆けつけるまで遥と電話していた。

『また大変な目に遭ったな』

「もう何がなんだか……。おれもこれからいろいろ聞かれるみたいです」

『浜松町のどの辺りだ。いちおう聞いておこう』

遥に言われて佳人は『伯仲』の場所を教えた。管轄《かんかつ》はこの警察署になるようだな、と電話の向こうで遥が呟《つぶや》く。最近使い始めたタブレット端末で調べたようだ。

遥と話せたのはその程度だ。

ほどなくして最寄りの交番から制服警官が到着し、その後さらに所轄署や警視庁から捜査員と指揮官らしき男が乗り込んできてからは、佳人自身重要参考人として引き留められ、質問攻めにされて居心地の悪い思いをしている。

佳人が言ったアリバイを手帳に記した刑事が、もう一人に目配せされてどこかへ行く。先ほど身分を証明するものがあれば見せてくれと言われ、運転免許証を提示した。そこに記載された住所を控えられたので、遥に確認を取るのかもしれない。先に電話で何が起きたか知らせておいてよかった。いきなり警察から連絡が来れば遥も何事かと驚いただろう。

佳人がいる部屋はお茶の間で、畳敷きの八畳間に炬燵《こたつ》とテレビ、飾り棚や和箪笥《わだんす》といったものが据えられている。小さめの仏壇もあった。部屋はきちんと片づけられており、真宮の几帳面《きちょうめん》な性格が窺える。亡くなったのが、店を閉めたあとの午前一時から三時の間だとすれば、佳人を招いたから急いで片づけたわけではなく、日頃からこうした環境に保たれているのだと思われる。

台所と茶の間は行き来できるようになっており、捜査員たちがあれこれ動き回るのがいやでも目に入る。話し声もときどき洩れ聞こえてきて、いろいろとわかったことがあった。

真宮は背後から包丁で背中を刺されて殺害されたらしい。凶器は隣接するビルとの間の側溝《そっこう》に捨てられているのが発見された。『伯仲』の厨房にある他の包丁と同じメーカー品で、同じ程度に使い込まれているので、犯人が持ってきた物ではなく、元々ここにあったものとみて間違いなさそうだ。犯行は計画的なものではなかった可能性がある。

サンダルに付いていた飛沫はやはり血だったようだ。犯人は真宮を刺したあと包丁を持って逃げているので、その際落ちたものらしい。おそらく真宮の血ではないかと思われる。

上司らしい刑事に目配せされて離れていた刑事が戻ってきた。黙って首を振る。

なんだろう、と不安を感じた佳人に、その若そうな刑事が言う。

「同居人の方は外出されているみたいですね。家の電話、どなたも出られませんでした」

「え、そうですか」

「あとでまた確認させていただきます」

「それはかまいませんが、あの、まだ帰らせていただけないのでしょうか。お話しできることはしたと思いますが」

「もうちょっとお付き合いください。一課の者が直接お話を伺いたいそうなので」

刑事の態度や口調はどこか居丈高《いたけだか》で慇懃無礼《いんぎんぶれい》だ。あからさまに疑われている様子はないが、初めて店に来たのが二週間足らず前で、もう自宅を訪ねるまでになったのかと、そのあたりの経緯に不審感を抱かれたようだ。

捜査一課の刑事だと名乗った男は、所轄署の刑事たちに輪をかけて感じが悪かった。

「ほう。焼きもののネット通信販売ねぇ。ここの店主の作品を見せてもらう約束だったと？　この店には四度客として訪れただけですか」

「はい。ですから、真宮さんの交友関係やプライベートはほとんど知りません。昨日もおれが接したときの印象は普段と特に変わりありませんでした」

「誰かと深夜会う約束をしていたとかは？」

「おれは知りません。元々口数の多い方ではなかったので、約束していたとしても、それを人に言いはしなかったと思います」

刑事との遣り取りは佳人にしてみれば不毛としか思えず、知らないと言っているのにしつこく同じような質問を繰り返されて、佳人は次第に苛立《いらだ》ってきた。短気なつもりはないが、我慢に限界はある。

「どんな些細なことでもいいから、気づいたことはなかった？　昨晩でも、今日ここに来てでもいい。来る途中、誰か知った人と会ったりは？」

もしかすると佳人が犯行時刻にここにいたのではないかと疑っていて、うっかり口を滑らせないかとカマをかけているのかもしれない。そうとしか考えられないほど無意味な質問だ。佳人はうんざりして、溜息を洩らした。

「あいにくですが……」

言いかけて、ふと、昨晩店の近くで不審な車を見かけたことを思い出す。

真宮が殺され、遺体の第一発見者になるという異常な事態に直面し、今の今まですっかり頭の隅に押しやってしまっていた。

黒か濃紺のクーペに男が二人乗ったまま停まっており、まるで『伯仲』を見張っているような感じだった、と言うと、刑事は色めき立った。

「おい。調べろ」

傍らにいた刑事に顎《あご》をしゃくって指示する。

あの車は確かに怪しかった。もしや、あのとき乗っていた二人が真宮殺害に関係しているのでは、と思うと背筋がゾッとする。

「そいつらの顔、覚えているか」

「ええ、なんとなくは。でも、暗かったですし、そんなにじっくり見たわけではないので、細かなところまでは自信ありません」

正直、面通しなどをさせられても、絶対にこの人だったと言い切るのは難しそうだ。むろん、車のナンバーも覚えていない。事件と関係あるかどうかの調べもこれからだ。

「警部補」

新たな刑事が近づいてきて、佳人に質問していた刑事に耳打ちする。ボソボソと低めた声で喋るのでなんと言っているのかは聞き取れないが、二人共チラッと佳人に視線をくれたので、自分に関係する話をしているようだと推察した。

「あんた、弁護士に知り合いがいるのか」

意外な質問が飛び出し、佳人は虚《きょ》を衝《つ》かれて頭がうまく働かず、咄嗟《とっさ》になんのことかわからなかった。えっ、と困惑して眉を顰《ひそ》めた直後に、貴史の顔がぱっと浮かぶ。

「あ、はい」

もしかして貴史が来てくれたのか、と思い当たる。だとすれば、遥から貴史に連絡がいったのだろう。このタイミングで弁護士を呼ぶなど佳人は思いつきもしなかったが、来てくれたのならとてもありがたい。勇気づけられるし、権利や義務などに詳しい味方が付いてくれるのとくれないのとでは安心感が違う。本来する必要のないことを、警察に言われるがままにして、自分を不利に追い込む結果になった、などといった事態も避けられる。

「執行《しぎょう》貴史弁護士でしたら友人です」

「ずいぶん手回しがいいな」

「おれは何も」

「もう帰っていいよ」

弁護士が出てきた以上、はっきりとした疑いも、必要性もなく佳人を引き留めると自分たちの立場がまずくなるのか、刑事は急にそう言い出した。

「また聞きたいことが出てきたらお伺いするかもしれません。その際にはぜひご協力お願いします。あと、あなたのほうも、何か思い出したことがあれば、すぐご連絡を」

最後は言葉遣いまで少し丁寧になって、なんとも微妙な気持ちになりはしたが、この場はおとなしく帰らせてもらうことにする。

表に出ると、玄関前から隣接するビルとの隙間の道まで捜査員が何人もいた。生活路に面した『伯仲』の前にはもっと大勢の捜査員がいて、左右に張られた規制線の外には野次馬の黒だかりができていた。

「佳人さん！」

規制線の一番前で捜査員と話をしていた貴史が佳人を認めるや、手を大きく振って、こっちです、と合図して寄越す。

貴史の後ろには遥の姿もあった。

二人を見つけた途端、緊張の糸が切れたかのごとく気持ちが解れて楽になり、安堵感が込み上げる。自分は何もしていない、後ろめたいことなどないのだから堂々としていればいい、恐れる必要はないと己に言い聞かせながらも、相当気を張り詰めさせていたらしい。今までにも警察に話を聞かれたことはあったが、ここまで凶悪な重大事件に関係したのは初めてだ。現場で捜査する刑事たちのピリピリした空気感が肌に突き刺さるようだった。

「佳人さん、大丈夫でしたか。とんでもない事件に巻き込まれましたね」

「本当に……なんというか、まだ頭が混乱しています」

佳人は貴史に意地を張らずに参っていると正直に打ち明ける。

「遥さんも、来てくださってありがとうございます。嬉しくて……泣きそうです」

遥にも素直に弱音を吐いた。こんなときまで強がって平気な振りをしても、かえって心配をかけるだけだろう。佳人自身そんな余裕はなかった。

「とにかくここを離れるぞ。近くのコインパーキングに車を置いている。来い」

「行きましょう、佳人さん」

遥と貴史に前後を守られて人混みを抜ける。

「遥さんから連絡をもらって、僕もご一緒させていただきました。ひょっとしたらお役に立てることがあるんじゃないかと思って」

道々、佳人と並んで歩きながら貴史が言う。

貴史の表情は落ち着き払っており、言葉は頼もしい。前を歩く遥の背中も今は一段と大きく見える。二人の存在がありがたく胸に染みた。

「貴史さんが来てくれたおかげで、刑事さんたちの態度がコロッと変わりました。正直もう帰りたくてたまらなかったので、本当に助かりました」

「いちおう弁護士の肩書き持ってますから。うるさいのがしゃしゃり出てきたと思ったんじゃないですか。面倒なことになるのは警察も嫌うんですよ。理由もなしに佳人さんを長々と引き留めておく権利はありませんからね」

貴史は屈託のない笑顔を見せる。

「第一発見者ってほんと疑われるんですね。刑事さんたちの目、ちょっと怖かったです」

思い出して佳人は苦笑した。己の無実は自分が一番よく知っているので、どこを突かれても平気なはずだったが、それを証明する人はいるかといちいち聞かれると、いかに他人を信じさせるのが難しいのか思い知らされる。疑惑に満ちた鋭いまなざしでひたと見据えられ、こちらからすると屁理屈《へりくつ》や難癖としか思えない質問をされ続けるうちに、徐々に不安になってきた。誤解されたり曲解されたりして、身に覚えのない罪を着せられるのではないかと兢々《きょうきょう》とする。佳人の場合はたかだか三十分かそこいらですんだが、あの調子で延々と取り調べを受けたら、己の認識が正しいかどうかあやふやになりかねない。そこが怖いと思った。

「規制線の外でおまえを待っているとき、刑事の一人から深夜おまえが家にいたかどうか聞かれた。間違いなく俺の隣で寝ていたと答えておいた」

遥が背後を振り返り、淡々とした口調で言う。

「えっ、あ、はい。……あ、りがとうございます……」

隣で寝ていた、という言葉を刑事がどう受けとめたのか、気になると言えば気になったが、おそらく遥はなんの含みを持たせたつもりもなく、疑問を差し挟む余地すら与えず堂々と言ってのけたに違いない。その様子が目に浮かび、佳人は面映ゆさに睫毛《まつげ》を伏せた。

貴史がクスッと笑い、佳人の耳元に口を寄せて小声で話す。

「遥さんがあまりにも泰然自若《たいぜんじじゃく》としているので、刑事さんそれ以上何も聞けなかったみたいで、あっさり引き下がりましたよ」

「よ、よかったです。アリバイが証明されて」

佳人は耳朶に熱を孕ませつつも、貴史の冷やかすような視線に気づかない振りをする。

貴史もすぐに気を取り直したらしく、表情を引き締めた。

「亡くなった方、よく知った方だったんですか?」

佳人は緩く首を横に振る。

「まだそこまでは。店には何度か通いましたが、客と気易く喋るタイプの方ではなかったので、個人的なことはほとんど知らないんです。今日会う約束を昨日して、やっといろいろお話しさせていただけるかなと楽しみにしていたところでした」

本当に……信じられない。

つい昨夜までは、いつもと変わりなく立ち働いていた人が、今は物言わぬ、動かない骸《むくろ》となってしまった。やり残したことや、気がかりなことなど、いろいろあったに違いない。それらをどうすることもできぬまま、突然この世に別れを告げなくてはならない羽目に陥《おちい》ったのだ。さぞかし無念だっただろう。理不尽で腹立たしかっただろう。想像しただけで佳人の気持ちも乱れる。

真宮とは、親しかったと言えるほどの間柄ではなかったものの、尋常でなさすぎる亡くなり方に、事態をどう受けとめたらいいのか気持ちの整理がつかず、頭も混乱したままだ。

「佳人さんを待っている間、近所の方たちがお喋りされているのを耳にしたんですが、中学生のお孫さんと二人暮らしだったようですね」

「そうみたいです。真宮冬彦くん、という子なんですが、もうこのこと知ってるのかな。確か昨晩からお友達の家に泊まりにいっているはずなんですよね」

「その話もどなたかしていました。でもまだ本人は知らないみたいですね。先方の家のお母さんには警察から連絡がいったようなんですが、冬彦くんと友達の子は、お父さんと一緒に映画を観に出掛けたらしくて。ちょうど携帯切ってるんでしょうね」

映画を観終えて、祖父の身に起きた凄惨《せいさん》な事件を知らされたときの冬彦の気持ちを思うと、胸が痛む。

佳人は自分が両親の自殺を知ったときの、やるせなさや悔しさ、悲しみ、憤りを思い出し、たまらない気持ちになった。結局自分は何もできなかった――その無念さを、今でも佳人は胸の奥深いところで燻《くすぶ》らせ続けている。すでに取り返しはつかない過去の話で、考えたところで意味はないと頭ではわかっている。二人がなぜそんな選択をしたのかも、その後事情を知る人から話を聞いて納得してはいるのだが、昇華《しょうか》して受け入れるにはまだ時間がかかりそうだ。

大人の自分でさえこんなふうなのだから、十四歳の少年がどれだけ衝撃を受けるか、想像するだけでつらい。

誰か頼りになる大人が周囲にいればいい。失礼ながら、井上では今ひとつ安心して任せにくく、佳人は勝手に気を揉んだ。そもそも彼は店の従業員というだけで、真宮個人とは縁もゆかりもない他人だ。同級生の家族が当面力になってくれたらいいのだか、と祈る心地だった。

「佳人さんに関してはアリバイもはっきりしていますし、たぶんもう警察から何か言ってくることはないと思います。ですが、今回の件でもし弁護士の助けが必要になったなら、刑事事件の弁護に定評と実績のある方をご紹介します」

貴史の言葉は佳人を安堵させ、万一があっても大丈夫だと勇気づけてくれた。

「貴史さんは、こういった事件は専門外なんでしたよね。おれとしては、貴史さんに相談できるのが一番安心だし、信頼できるんですけど」

「ありがとう、佳人さん。でも、殺人事件は正直僕の手に余ります。以前とある有名な先生のところにお世話になっていたときに、傷害事件や過失致死事件などの案件を補助的に担当させてもらったことはあるんですが、独立してからはそうした依頼はほぼ受けていないので」

「そうでしたよね。すみません、我が儘言って」

「我が儘だなんて思ってないですよ。佳人さんにそう言ってもらって、とても嬉しいです」

貴史ははにかんだ顔をしながら、そこに、どこか迷うような、悩むような、己を抑えようとしているような複雑な表情をちらりと重ねた。

一瞬だったが、佳人は見逃さず、貴史にも何か考えていることがあるのだなと思った。話の流れからして、仕事に関して思うところが出てきたのかもしれない。自制心が強く、めったに我欲を露にしない印象が貴史にはあるが、自分にできる唯一無二の仕事だと以前言っていた弁護士という職には、貴史なりに目指したい方向性があっても不思議ない。なんとなく、佳人には貴史の心境が察せられる気がした。佳人自身、変化を恐れず自分の可能性を試してみたいほうなので、貴史がそんな気持ちになっているのなら、陰ながら応援するだろう。門外漢なので有益な助言などはたぶんできないが、話を聞くくらいのことはできる。話せる時がきたら、きっと話してくれるに違いない。そのときは誠心誠意親身になろうと心に決めた。

マンションやオフィスビルが立ち並ぶ一角に車三台分の小さなコインパーキングがあった。真ん中のスペースにパールホワイトのセダンが駐めてある。遥の車だ。佳人と二人でドライブに出掛けるときは、もう一台遥が持っているスポーツカーのほうに乗ることが多いが、今日は貴史を乗せるので五人乗りのセダンを出したらしい。

貴史に後部座席に乗ってもらい、佳人は助手席に座る。

「せっかくだからどこかで飯《めし》でも食うか」

エンジンをかけてゆっくりと車を発進させつつ遥が佳人と貴史に聞く。

「あ、いいえ、またの機会にしましょう」

「貴史さん、この後予定があるんですか」

「予定はありませんが、僕はご遠慮します。遥さん、僕のことは気遣っていただかなくて大丈夫です。早く佳人さんと二人きりになってあげてください。僕はどこか通りすがりの駅で降ろしてもらったら結構です」

「執行」

「貴史さん」

遥と佳人の声が重なる。

佳人は遥と顔を見合わせ、シートベルトを引っ張って緩め、後部座席を振り返った。

貴史が佳人にふわりと微笑みかけてくる。

「僕に悪いんじゃないかとか、そんなこと考えなくていいんですよ。こういうことをざっくばらんに言える仲でしょう、僕たち」

「え、それはそうですけど、でも……」

貴史の気配りをありがたく思う反面、貴史の優しさにそこまで甘えていいのか、言葉どおりにさせてもらっていいものか悩む。

「わかった。執行、今日の礼は日を改めてさせてくれ」

言い淀んでしまった佳人の言葉尻に被せて、遥がはっきりした口調で返事をする。

佳人は再び遥を見た。真っ直ぐ前を向いた遥の横顔は、引き締まっていて迷いのなさを感じさせる。貴史の気持ちを汲《く》み取り、厚意を受けることにしたようだった。

「はい。ぜひ。あ、あそこに地下鉄の出入り口がありますね。停まれます?」

「もう降りちゃうんですか」

さっき車に乗ってもらったばかりで、さすがにそれは寂しいと佳人は未練がましく引き留めようとしたが、貴史は「はい」とこんなときはきっぱりしている。

遥は出入り口のすぐ傍に車を停めた。

「ありがとうございます。じゃあ、佳人さん、また近々会いましょう。今日はもう家でゆっくり過ごしてください。事件のことは考えすぎないで」

貴史は降りる寸前まで佳人の心配をしていった。

「いい友人を持ったな」

遥の言葉がじわじわと心に染みる。

本当に、遥の言うとおりだ。感謝の言葉しか浮かばない。

はい、と頷いた拍子に目の前が湿ったようにぼやけ、鼻の奥がツンとしてきた。

*

何か食べて帰るか、と二人になってからもう一度遥に聞かれたが、佳人は寄り道せずに真っ直ぐ帰宅したいと答えた。冷蔵庫や食料庫には何かしら食材が常備してあるので、家に帰っても何もできないなどということはない。

ブレーキを踏んでもよけいな震動を感じさせないさすがの運転技術で、遥は車を走らせる。

運転中、音楽をかけるわけでもラジオを聞くわけでもなく、車内は静かだ。

いつもはこの静けさを間が保たないなどとは感じないのだが、今は、黙っていると殺害現場を思い出しそうで心許なかった。

「少し話してもいいですか」

「ああ」

遥は横目で佳人をチラリと流し見る。

「おまえを、沈み込ませないように……俺から話を振ってやるべきだったな」

言外に察しろ、とせいぜい目で訴えるくらいが普段の遥で、こういう率直な物言いはめったにしない。それをあえて言葉にしてくれたところに遥の深い情を感じ、佳人は照れくさくなるほど嬉しかった。喋り方のぎこちなさに遥の不器用さが表れていて、愛しくて仕方がない。

「遥さん。おれ、あなたに会えて本当によかった」

思ってはいても、その場の雰囲気や、何かきっかけがなければ気恥ずかしくて言えない言葉が、するっと口を衝いて出る。遥から胸に響く言葉を受け取っていたから、というのもあるが、走行中の車内でお互い前を向いている状態が、不思議と話しやすい空気を醸し出すようだった。

「そのままおまえに返す」

物言いがぶっきらぼうなのは相変わらずだが、「ああ」の一言ですませなかったところに佳人はまたしても嬉しさを込み上げさせた。

遥にとっても、身近な人間が殺人事件の第一発見者になったというのは、神経が昂る非常事態だったようだ。確かに、普通に生活していれば、そうそう出会《でくわ》す事件ではないだろう。ひょっとすると、川口組若頭の東原ですら他殺体は見たことがないかもしれない。深く追求したくはないので、東原に関する推察はすぐさま頭から追い払ったが。

「真宮さんとは、縁があったのかなかったのか……。なんとも奇妙な気分です。たった四度、店で会っただけでした。なのに、そんなおれが無残《むざん》な死に方をしているところを見ることになるなんて。なぜおれだったんだろうって、さっきからずっと考えてるんです」

そういう星回りなのだろうか。これまでにも、関わった人の中に不遇な目に遭った人が多すぎる気がして、佳人は憂鬱《ゆううつ》な気持ちになる。

「たまたまだ」

遥は切って捨てるような調子でばっさり言ってのける。

「考えすぎるなと執行に言われたばかりだろう」

「そうでした」

佳人は面目なさに頭を搔く。

「ナーバスになるのも無理はないが、もしも、殺された男が自分と関わったから不幸な目に遭ったんだ、などと考えているのなら、それは杞憂だから今すぐさっぱり忘れてしまえ」

遥の語気はぐっと強くなり、佳人に四《し》の五《ご》の言わせない気迫があった。

「少なくとも、俺はおまえといて不幸だと感じたことは一度もない」

そう言う遥の身にも、佳人と共に暮らすようになって様々な変事が襲いかかっているのだが、それらすべてを遥は綺麗さっぱり押し流しているようだ。

「最高の……褒められ方ですね」

褒められ方と言うより、愛の告白だと思ったが、恥ずかしくて口には出せなかった。胸の内で噛み締める。

真宮と出会ったことにどんな意味があったのかは、正直、今はまだ佳人にはわからない。事件が解決しさえすれば、通りすがりに一瞬袖が触れ合っただけという程度の関わり方だったと結論づけられるのかもしれない。

「この事件、おれの役割はもう終わったと思っていいんでしょうか」

「ああ。おまえはただ遺体を発見しただけの無関係な人間だ。調べれば警察も納得する。知っていることは話したんだろう。だったら市民の義務は果たしたんだ」

「そういえば、おれ、昨晩怪しい男二人が車に乗っているのを見たんです。刑事さんにも言いましたけど、店の傍で、何かを見張っているようでした」

佳人はいったん言葉を句切り、そこから先を言おうか言わずにおこうか迷った。あくまでも自分の勝手な憶測なので、軽々しく口にするのは感心されたことではないと承知しているが、遥にならば話してもいい気もする。

「なんだ。何か考えていることがあるなら、言ってみろ」

佳人が黙り込んで逡巡《しゅんじゅん》していることに遥は気づいたらしく、話せと促してきた。

「確証はないんですが、その二人、なんとなくヤクザっぽかったんです」

「……ほう」

ヤクザと聞いて、遥は眉をつっと顰めた。

「それなら辰雄さんに聞けば何かわかるかもしれないな」

「警察も調べるみたいでしたから、二人の身元は案外すぐわかるんじゃないかと思います。それより東原さんと言えば、例の発砲事件、まだ犯人逮捕されてませんでしたよね？」

「されてないようだな」

話の流れで思い出したが、川口組系の暴力団事務所に銃弾が撃ち込まれた件も、事件発生から二週間近く経とうとしている今現在未解決だ。東原とは直接関係なさそうだが、狙われたのが二次団体とは言え、川口組傘下《さんか》ならば放っておくわけにもいかないだろう。

「最近ヤクザ絡みの事件、多いですよね……。真宮さんを殺した犯人もヤクザだったら、ますます恐ろしいです」

「真宮という店主は、ヤクザと揉めてそうな男だったのか？」

「可能性はゼロではない感じでした」

一本気で激昂しやすく、相手かまわず怒鳴りつける。キレたら拳が出かねない激しさがあったとも聞く。相手が筋者《すじもの》だったとしても、躊躇したり媚びへつらったりすることはなかっただろう。孫には優しいお祖父ちゃんなのだなと思ったし、佳人自身が受けた印象もそう悪くなかったが、あちこちに敵を作っていたであろうことは想像に難《かた》くない。

「きっぷのいい親分肌の人、と言ってもよかった気がします。陶芸なんかもプロ並みの才能をお持ちだったと思います。……なんか、ちょっと……」

香西組組長、香西誠美を思い出す……と佳人は言おうとして言葉を呑み込んだ。香西の名を出すと遥がどんな感情を湧かせるのか佳人には計り知れず、憚《はばか》られる。遥自身は香西に対してなんの遺恨《いこん》もないし、ほぼ無関係な赤の他人という認識に違いないが、佳人の口から香西の名前が出ることに対しては、思うところがあるかもしれない。もしくは、それもすでに己の中で解決済みで、なんとも思わないのか。よくわからなかった。

遥が何も突っ込んでこないので、佳人は話題を変えた。

「気がかりなのは冬彦くんのことですね」

「十四歳だと言ったたな」

「真宮さんの事件はきっと全国ニュースで流されるでしょうから、十年前に出ていったという娘さん……冬彦くんのお母さんですが、芳美さんと連絡がつけばいいんですけど」

「十年前」

遥がポッツと呟く。

形のいい唇がキュッと真一文字に引き結ばれるのを見て、佳人は、ああやっぱり自分自身の過去と重ねざるを得ないのだろう、と思い、胸がツキッと痛んだ。

「父親はどうしているんだ」

暗鬱《あんうつ》とした感情を映したような低い声で遥が聞く。

「いないそうです。未婚で産んで、四歳までは自分で育てたらしいんですが、その後いなくなって、以来行方知れずだとか」

「……そうか」

遥は短く相槌だけ打つと、再び口を閉ざした。

胸の中で渦巻《うずま》いている気持ちは様々あったに違いなく、きっとこう思ったのではないかと察せられる部分もあったが、佳人もあえて言葉にしなかった。無責任な親を責めたい気持ちはあるが、置き去りにされた子供の気持ちは、佳人には想像もつかない。想像だけでわかった気になるのもおこがましい。殊《こと》に遥の前で安易な言葉で語ってはいけないと思った。

「まぁ、子供だろうが、芯があればどうにかして生き延びる」

しばらく沈黙し続けたあと、唐突に遥がそれだけ言った。

「そうですね」

冬彦は芯のしっかりした子供だとは思う。

あと四年もすれば十八になる。そこまでいけば立派な大人だ。自分で道を切り拓《ひら》いていける。

佳人にできることがあるとすれば、陰ながら冬彦の成長を見守ることくらいだろう。

幹線道路を曲がって戸建ての住宅が軒を並べる住宅街に入る。

すでに車はいつも歩いている生活路を走っていた。

次の角を左折して百メートルほど行けば遥と佳人の住む家の門塀が見えてくる。

「久しぶりに遥さんが作るだご汁が食べたいです」

今の今まで感じていなかった食欲がにわかに湧いてきて、佳人は遥にねだってみた。

「そんな簡単なのでいいのか」

遥は虚を衝かれたようだったが、佳人にこんなふうに言われたのがまんざらでもなかったらしく、口元をやんわりとカーブさせている。

「クリームシチューとの合わせ技でもいいですよ。隠し味に味噌《みそ》を入れるんですよね。体も温まりますし、お腹も膨れます」

「ああ」

遥は一つ頷いて、車庫前に車を一旦停車させた。

「先に降りろ。部屋、暖めておけ」

こんなふうに命令口調で遥に指示されると、佳人は色香に満ちた声に官能を刺激され、はしたなく身を震わせてしまう。暖房を入れておくように言われただけなのに、ベッドの中で脚を開けと囁かれたのと同じ淫猥な痺れが脳髄《のうずい》を揺さぶる。

鍵を開けて家の中に入ると、さっきまで感じていた恐ろしさや不安や心配がさらに薄れ、安全な場所に戻ってこられた安堵でいっぱいになる。

時計を見るとまだ四時半だった。

二時少し前に遺体を発見してから、あまりの異常さに精神的な打撃を受け、刑事との遣り取りなどで自覚する以上に疲労困憊《こんぱい》していたようだ。気分的にはもう夜の八時か九時の感覚になっていた。

洗面所で手洗いとうがいをしていると、車を車庫に入れてきた遥が玄関の格子戸を開ける音がする。

だご汁は、遥が貧しかった学生時代に、手っ取り早くお腹いっぱいになって栄養も摂れる料理として、しょっちゅう作っていたものだそうだ。

「おれも手伝いますね」

エプロンを着けて腕捲りした佳人に、遥はむすっとした顔で「いらん」と言い、あっちに行ってテレビでも観ていろ、とばかりに茶の間に視線を向ける。

ここは遥に甘えることにして、佳人は素直に引き下がった。

茶の間で以前録画しておいた二時間ドラマを観ていると、番組が半ばを過ぎた頃、台所からシチューのいい匂いが漂ってき始めた。

予想だにしない大変な目に遭った一日だったが、締め括《くく》りはいつもどおりになりそうだった。

＊

挿《い》れるぞ、と耳元で色香の滲む声を聞かされ、全身に淫らな疼きが走る。

ベッドに仰向けで横たわった佳人の脚を片方抱え上げ、露になった秘部に硬く張り詰めた先端をあてがって、遥がズンと腰を突く。

「はうっ……！　あ、ああっ」

先ほどまでさんざん舌と指で弄り回されて寛げられた襞《ひだ》を割って、太く長い雄芯《おしん》がズズッと挿《はい》ってくる。

熱い肉棒が狭い器官を押し開き、湿った内壁を荒々しく擦って奥へと進められてきて、佳人は遥に敷き込まれた体をのたうたせた。

「あぁあっ、んっ……ん」

悲鳴とも嬌声《きょうせい》ともつかない乱れた声を上げ、反らせた顎をビクビクと震わせる。

遥のものが佳人の中を深々と貫き、奥まで埋め尽くす。

少し引いて、勢いをつけてズプッとさらに深く穿《うが》ち直され、佳人はひいっと叫んで頭を左右に振った。

「アアアッ」

脳髄が麻痺するほどの悦楽《えつらく》に目が霞《かす》み、開いた唇をわななかす。

「気持ちいいか」

「……っ、やめて、遥さん。その声……」

ずるい、と続けかけた口を噛みつくように荒々しく塞がれる。

唇をきつく吸われ、舌で口腔内を隅々までまさぐり、蹂躙される。口蓋《こうがい》を擽《くすぐ》られ、歯茎を舐め回され、舌を搦め捕って唾液を啜《すす》られる。

激しいキスに翻弄される間に、後孔を貫く剛直は根元まで佳人の中に収まり、下生えが臀部《でんぶ》に当たる。隙間もないほどみっしりと埋められて、佳人はキスの合間に喘ぐように息をした。

呼吸に合わせて後孔が収縮し、肉の環《わ》で遥の根元をきゅうっと引き絞る。

「ふっ。きつい」

端整な顔を僅かに歪め、遥が熱っぽい息を洩らす。

佳人は遥の首を抱き寄せると、濃厚なキスで濡れそぼった唇を汗ばんだ項に押しつけた。

情動のまま滑らかな皮膚を吸引し、赤い花弁のような痕をつける。ワイシャツの襟で隠れるかどうかという際《きわ》どい位置に、これ見よがしに情痕を散らしても、遥は咎めなかった。

仕返しだとばかりに佳人の耳殻《じかく》を甘噛みし、穴に舌を差し入れて舐める。

「んっ、ん……あっ」

耳孔《じこう》も弱みの一つで感じやすい佳人は、たまらずに艶めいた声を上げ、身をくねらせた。

佳人の動きに合わせるように遥が腰を揺する。

ズッ、ズッと内壁を擦られ、ズンと奥を突かれて、猥りがわしい快感が襲ってくる。

「あぁっ、あ、だめ。……あっ、あっ！」

下腹部で屹立した佳人の性器も、重なり合った体に挟まれて刺激され、先端の隘路《あいろ》から先走りを漏らしだす。

感じて後孔を絞ると、遥の表情が愉悦《ゆえつ》に歪む。

「あんまり煽るな」

いっそう嵩を増したように感じる雄芯が佳人の中で脈打つ。

遥は伏せていた上体を起こし、佳人の太腿に手をかけて脚を開き直させると、根元まで穿っていたものを半ばまで引きずり出して、再びゆっくり捻り込む。

「は……っ、あ……ぁあっ」

己の大きさと形を教え込むつもりかと思うほどじわじわと挿れられて、佳人は長い喜悦《きえつ》に身を打ち震わせた。硬い亀頭が濡れた粘膜を押し広げ、ガチガチに強張った竿が内壁を擦り立てる。

「あぁぁっ、んっ、んんっ」

気持ちよさに声を抑え切れず、はしたなく喘ぐ。

ズン、と再び奥に重みのある一突きを見舞われる。

さっきよりも深いところまで届いて、佳人はあられもない声を放って悶えた。

「つく……あ、あ……っ」

「いいか」

小刻みに腰を動かしながら、しっとりとした低めの声で遥に確かめられる。

「これが好きだろう。こうやって奥を突き上げられるのが」

ゾクゾクと鳥肌が立つような色っぽい声でいやらしいことを言われ、佳人はますます昂った。

「はい……。好きです。……もっと、突いてください」

今夜はなり振りかまわず遥に甘えたい気分だ。何も考えられなくなるほどめちゃくちゃにされたい。でなければ悪い夢を見そうだった。

「ああ」

ジュプッと湿った部分が擦れ合う卑猥な水音をさせて、佳人の中を遥の猛った陰茎が出入りする。抜き差しされるたびにずり上がる体を、腰を摑んで引き戻され、また貫かれる。

「アアッ、激しすぎ……っ！」

頭の中で火花が散るような感覚を味わわされ、シーツに爪を立てた。

そのまま追い上げるように続けざまに抽挿《ちゅうそう》されて、次から次へと押し寄せる悦楽の波に揉みくちゃにされる。

遥は佳人の顔から目を離さず、感じている表情を見ながら腰の動きに緩急をつける。快感を受けて昂った体を繰り返し責められ、佳人は嬌声を上げてのたうった。

何度か達《い》きそうになったが、そのたびにはぐらかされて達かせてもらえない。佳人が気をやろうとすると遥は腰の動きを緩やかにする。代わりに胸や脇、太腿などを愛撫して気を逸らせ、頃合いを見て抽挿を再開し、佳人を新たな高みに押し上げる。過度の快感に翻弄されて、佳人は遥に縋って喘ぎっぱなしだった。

精力的に腰を使う遥の全身は汗に濡れ、縋りつかせた手が滑る。顎の先や、胸筋の作る窪みに溜まった汗が、雫《しずく》となって過敏になった佳人の体に落ちてきて、それもまた官能を刺激した。

佳人自身の体も汗ばんでおり、濡れた肌をくっつけて抱き合い、湿った下腹部を接合させて歓喜を得る行為の淫猥さに酔い痴《し》れた。

どこまでが自分で、どこからが遥なのか、感覚的には下半身が融合して一つになってしまったようだ。

「遥さん……っ、あ、おれ、もう……」

「佳人」

一緒に達きたいと目で訴えると、遥にもすぐに伝わって、腰を抱え上げられた。

尻がシーツから離れて上向きになる。両脚は曲げて開かされ、恥ずかしい格好で押さえつけられる。股間で揺れる陰茎を摑んで握り込まれ、佳人はビクビクと身を震わせた。

「どっちでイキたい」

「あっ、だめ。揉まないで……アッ」

前を弄られると、遥を含み込まされた後孔も淫らに収縮する。

遥は気持ちよさそうに眉根を寄せ、熱の籠もった息を洩らした。

「とりあえず、一回抜いておくか」

「ま、待って……う、うっ、あ」

握られた陰茎を巧みな手つきで擦り、指の腹で先走りの滲む亀頭を撫で回され、佳人は首を左右に振って悶えた。

雄芯で繋ぎ止められた下半身は、遥から隠すことも遠ざけることもできず、身動ぎするたびに中に挿った遥の逸物《いつぶつ》の存在感が増す。ときおり動かされると、緩く奥を押されただけであられもない声が出そうになる。ジュンと下腹部が疼き、官能の痺れが全身に広がっていく。

薄皮をズリズリと擦り立てて陰茎を扱かれ、重くなった陰嚢を揉みしだかれる。

先端はすでに淫液でベトベトだった。

指についたべたつく液を、両胸の左右で物欲しげに尖った乳首に擦りつけられる。

「ああぁっ、んっ、ん……！」

摘んで引っ張り上げ、クニクニと指の腹で磨り潰すように嬲られる。瞬く間に乳頭が一回り膨らみ、痛いほど凝《しこ》って硬くなった。乳暈から括り出すようにされた乳首に、遥が欲情した顔を近づける。

唇で食《は》まれ、佳人は「ひいいっ」と乱れた声を上げ、仰け反った。遥が上体を倒したせいで奥を突き上げる肉棒の角度が変わり、そこで受けた刺激と、敏感な乳首を吸われる淫靡な感覚が合わさって、のたうたずにはいられなかった。わざとのようにチュウチュウと音を立てて乳首を吸い立てられ、舌先で爪弾《つまび》くように弾かれ、怺えきれずに啜《すす》り泣く。

ビリリとする刺激が官能の源《みなもと》を撃ち、全身を震わせる。

さんざん吸われた乳首は赤く腫《は》れて茱萸《ぐみ》のように肥大化し、息を吹きかけられただけで悲鳴を上げそうなほど感じやすくなっている。

妖しく濡れたその赤い実を摘まんで捻られ、佳人は自分のものとも思えない乱れた声を放って腰を跳ねさせた。

「アアアッ……！　アッ、ア……！」

下腹部を突き上げられるような衝撃が襲い、さらに続けて腰が浮く。

遥の手に握られていた陰茎がビクビクと震え、白濁を噴き上げた。

射精の瞬間、佳人は軽く意識を飛ばしていた。

すぐに引き戻されて、夢中で遥の背中に抱きついた。

呼吸を弾ませて泣く佳人の開きっぱなしの唇を、やはり息を荒げた遥が啄《ついば》む。

「あぁ、遥、さんっ」

身も心も昂奮《こうふん》しきっていて、なり振りかまっていられない状態だった。

息を絡めて喘ぎつつ、遥が抜き差しを再開する。

達したばかりの体を容赦なく揺さぶられ、荒々しく突き上げられ、佳人は声も出なくなるほどの法悦《ほうえつ》にただ身を任せた。

遥の雄芯が佳人の後孔を出入りする。

深々と貫かれては引きずり出され、足された潤滑剤でしとどに濡れた粘膜を擦られる。

ジュプ、ジュプと耳を塞ぎたくなるような水音が、ベッドの軋《きし》みに混ざり、淫靡な空気がいっそう濃厚になる。

「遥さん。遥さん……っ」

汗で滑る体を抱き締め、佳人も自ら腰を揺らした。

タイミングを合わせて後孔を窄《すぼ》め、貪婪《どんらん》に悦楽を追いかける。

くっ、と遥が艶めかしく呻く。

「アアッ、イク。遥さん、おれまた……！」

猛烈な快感に押し流されて、佳人は激しく胴震いし、遥の腰を太腿で強く締めつけた。

ドクンと佳人の中で遥の雄芯が脈を打つ。

「……っ、は、ああっ」

遥の恍惚とした表情から最奥《さいおう》に放たれたのがわかる。

その顔で佳人もまた昂揚し、ヒクヒクと肉の環を猥りがわしくひくつかせた。

「佳人」

遥が佳人の上に突っ伏してくる。

ずっしりと体重をかけてのし掛かってきた体を、佳人は息を弾ませながら両腕で包んだ。

すぐに遥が佳人の上から体をずらしてシーツに寝転ぶ。

そのとき佳人も一緒になって体勢を変え、今度は自分が遥の上に重なった。

「ああ、もう、よすぎて死ぬかと思いました」

「そうか……俺も、さすがにきつかった。トシだな」

「トシなんて言わないでください。おれももう若くないから」

後戯の一環のような感じで照れくさい遣り取りをする間も、お互い相手の体に触れるのをやめない。体を寄せて肌と肌をくっつけ、汗で湿った体のあちこちに手や唇を這わせる。

遥が擽《くすぐ》ったそうに身を捩《よじ》り、佳人の顔を胸板から剥がしてキスで唇を塞ぐ。

佳人は積極的に遥の舌を搦め捕り、唾液を混ぜて啜《すす》り合う淫靡な行為にエスカレートさせた。

体勢を変えたとき抜かれた遥の陰茎が徐々に力を取り戻し、再び頭を擡《もた》げだす。

「今度はこれ、どうしたいですか」

握り込んで揉みしだくと、あっという間に硬くなった。

「もう一回挿れますか。それとも、口で可愛がりましょうか」

「……どっちも捨てがたい」

遥は顰《しか》めっ面をしてみせ、ぶっきらぼうに返事をする。照れくさがっているのが、僅かながら桜色に色付いた耳朶を見ればわかった。

「だが、さっきまでおまえの中に入っていたものを口でするのはどうなんだ」

「タオル、濡らして持ってきますよ」

にっこり笑って、欲情した目で遥を見ると、遥は睫毛を伏せて顔を背けた。

好きにしろ、と許すしぐさだ。

「ちょっと待っててくださいね」

佳人は遥を寝かせたまま、唇にあやすようにキスを一つして、ベッドを下りかけた。

自分では平気なつもりだったが、床に足を着けて立とうとしたが腰に力が入らず、膝がカクンと折れて転びかけ、慌ててベッドに縋りつく。

「何をしている」

遥が驚いて起き上がり、ベッドに捕まって床に蹲《うずくま》った佳人を呆れ顔で見た。

「……腰が」

情けなかったが、ごまかしようもない状況で、佳人は素直に遥の腕に摑まってベッドに戻った。

代わりに遥が素肌の上にガウンを羽織って寝室を出る。

二階にも設けてある手洗いで、遥は備え付けのタオルを濡らして持ってきた。

「俺はざっと拭いてきた。これはおまえが使え」

「すみません。ありがとうございます」

「後ろ、搔き出してやる」

「い、いいです！　自分でします」

遥に後始末されるのはいつまで経っても恥ずかしい。

遥はふっとおかしそうに唇に笑みを刷《は》くと、「水を取ってくる」と言って今度は一階に下りていった。今さらだ、と言いたげな艶っぽい流し目をドアを閉める間際にくれられて、敵《かな》わないと佳人は苦笑した。遥のことが好きすぎて本気で困る。

佳人が体をざっと清め終えたところに、遥がペットボトルを手に戻ってきた。

すでに三分の二ほどに減っている飲みさしのボトルを差し出される。

適度に冷えた水が、声を上げすぎて嗄《か》れそうだった喉を潤す。

「腰は、もう大丈夫か」

ギシッとベッドを揺らして佳人の隣に横たわった遥が聞いてくる。表情は乏しいが、揶揄《やゆ》されているのが目の感じから察せられ、佳人はじわっと頬を火照《ほて》らせた。

「……遥さんのせいですよ」

いつにも増して濃厚な交わりだったと思い返し、遥の逞《たくま》しい胸板を拳で小突く。

「いつもより大きかった……気がします、これ」

股間でおとなしくなっている遥のものを摑み、柔らかく縮んだ性器にチュッとキスをする。

やんわり揉むと、遥の中心はみるみる芯を作り始めて強張ってきた。

「俺も無節操なほうだ」

徐々に勃起させつつ遥が自嘲《じちょう》気味に呟く。

佳人の愛撫で快感を得ているのが声音にも出ていて、それを聞くと佳人も昂ってくる。

「遥さんが無節操なのは、おれに対してだけですよね」

どちらかといえば遥はストイックなほうだ。自慰もめったにしないようだし、仕事以外でアダルトビデオを観ることもない。そんな男が、自分を抱くときだけ欲情を露にして猛々しくなるのかと思うとゾクゾクする。

「ああ。たぶんな」

佳人に陰茎を銜《くわ》えられて、気持ちよさそうに腰をビクビクさせながら、遥が乱れた息をつく。

遥とベッドにいる間はよけいなことを考える暇はなく、それから二度目の行為をして、眠りにつくまで、今日起きた事件が頭を掠めることはなかった。

遥がいてくれてよかった――佳人は心の底から感謝した。

4

事件に関わるつもりはないのだが、佳人《よしと》は気になることがあると放っておけない性分で、事件の翌日、香取市《かとりし》まで足を伸ばして工房に名嘉《なか》を訪ねた。

「ニュースで見て驚いたよ」

世俗に疎《うと》い印象のある名嘉も、真宮《まみや》が殺された事件は知っていた。

「まぁ座ったら」

そろそろ一服しようと思ったところだった、と名嘉にソファを勧められる。

勧められたはいいが、佳人は「はぁ」と苦笑いした。

作業場はそれなりに片づいているものの、応接と休憩場所を兼ねたような出入り口を入ってすぐのスペースは相変わらず荒れ放題で、ソファに座るにも雑多に積み上げられた雑誌や衣類、タオルなどをまずどけなければ無理という有り様だ。

よくあるパターンだと、佳人がここを片づけて自分の座るスペースを確保し、その後お茶も淹《い》れさせられるはめになるのだが、今日はどういう風の吹き回しか、お茶は名嘉が自分で用意しに行った。

「今朝きみから電話をもらって、こっちに来ると聞いたとき、たぶん真宮さんの事件の話をしに来るんだろうなと思っていた」

「はい。ご推察のとおりです」

ソファの座面とセンターテーブルの上を手際よく片づけつつ、焼きものを並べておく棚の陰にある簡易キッチンスペースにいる名嘉と、声だけで遣《や》り取りする。

「実は……警察に通報したの、おれなんです」

「ははぁ。なるほどね」

ニュースでは第一発見者の名前は流されていないはずだし、名嘉も初耳だったようだが、特に驚いたふうでもなく、飄々《ひょうひょう》とした感じの相槌《あいづち》を打つ。

「いくらきみが好奇心旺盛で、お節介焼きでも、二、三度通った店の店主が殺されたからって、わざわざこんな遠くまで事件の翌日即来るほど暇じゃないだろ」

「う。お見通しですね」

好奇心旺盛、お節介焼き、名嘉の目にはそう映っているのかと苦笑いしつつ、否定はできないと佳人も認めざるを得なかった。名嘉に連れていってもらったあと、何度も足繁く店に通っていたのも、佳人の性格からしてきっとそうするに違いないと見越していたようだ。

ソファに座ってテーブルでお茶が飲めるよう場所を確保したところに、名嘉がマグカップを二つ盆に載せてきた。緑茶のティーパックが湯に浸かっている。どうやら今はもっぱらこれを飲んでいるらしい。

「葉っぱは面倒だけど、これだと楽でね。お茶請け、何か買ってきてくれた？」

「いつもの豆大福を」

「ああ、これ美味《おい》しいよね」

名嘉は嬉々《きき》として包装を剝《は》がし、プラスチックのパッケージをバリバリと開ける。

知り合ったばかりの頃はお持たせとして化粧箱入りのものを持参していたが、今では自宅用の簡易包装にしてもらっている。おそらく名嘉は包みなど気にしたことはないだろう。

ここにはソファ以外座るところがないので、名嘉も佳人と並んで腰掛け、豆大福をさっそく食べ始める。

「それで？　ニュースでは、訪ねてきた知人が遺体を発見、通報した、って言ってたけど」

「真宮さんの焼いた器や皿を見せてもらう約束だったんです。一昨日、四度目に店にお邪魔したとき、なぜか突然真宮さんのほうからお誘いいただいて。たぶん、なんですけど、おれが冬彦《ふゆひこ》くんと話すのを見て、ちょっとだけ気を許してくれたのかもしれません。話したと言っても、お猪口《ちょこ》選ぶときに二言三言喋《しゃべ》っただけですけど」

「冬彦くんって、あの中学生の孫？　へぇ。親父さん可愛がってるみたいだったからな。無口で人見知りするっぽい孫が、あんたを気に入ったふうだったなら、話くらい聞いてやってもいいかと思ったのかもね」

「おれも、そういうことなんだろうなと思いました」

佳人は神妙な面持ちで同意する。

その遣り取りをしたのは、つい一昨日のことだ。それなのに、もう真宮はこの世のどこにもいない。嘘のようだ。もしくは悪い夢を見ているのか。どんな人であれ、明日どうなっているか知れないのは皆同じ、人の生き死には誰にも予測できない。頭ではわかっていても、見知った人が突然いなくなるのは気持ちの上で納得がいかず、簡単には受け入れ難《がた》かった。

「犯人はわかってないようだけど、きみが疑われてるわけじゃないんだろ？」

「たぶん。発見したときのことを一通り聞かれて、アリバイを確かめられてからは、何も言ってこないので」

「気性の荒そうな頑固親父だったから、調べていけば動機がありそうな人は山ほど出そうだね。俺自身は怒鳴られたこともないし、腹の立つことを言われたこともないけど、いろいろ噂は聞いてたし」

名嘉は、染みも皺《しわ》も目立たないつるっとした若々しい顔に、故人を偲《しの》ぶ色を浮かべ、言外《げんがい》に頑固親父を慕っていたことを感じさせる。

「とは言え、俺もきみより何度か多く店に行ってたってだけのただの客だ。詳しいことは知らないぜ。焼きものの話はしたが、プライベートは謎の多そうな御仁《ごじん》という印象だ。きみは何か気になることでもあるのか」

昼を食べていないと言って二つ目の豆大福に手を伸ばしつつ、名嘉は佳人の胸底を探るような目をする。

「事件が起きる前、二人組の男が車内から店を見張っていた気がして、それがずっと引っ掛かってるんですよね。……ひょっとしたら、真宮さんって、あちらの方たちと関係があったんじゃないかなと。あ、これは完全におれの勘というか、推察《すいさつ》なんですが」

その筋の人間には一般人とはどこか違う雰囲気やニオイのようなものを感じることがある。理屈では説明できない感覚的なものだ。長らくヤクザの世界を内側から見てきた経験が、真宮もしかしたら、と佳人に思わせる。

名嘉は豆大福を口に入れて咀嚼《そしゃく》する間、黙って聞いている。

「警察はすでにいろいろ摑んでいるでしょうし、現場の状態からして衝動的に起こした事件の可能性が高いようなので、犯人逮捕は時間の問題かなと思います。おれがこうして名嘉さんと話しに来たのは、恥ずかしながら興味本位とすればすれの知りたい欲求からです」

佳人は正直に言った。警察より先に犯人を捜したいとか、そんな大層なことは考えていない。

「おれとしては、思いがけなさすぎる結末になってしまって、あっさり頭から離れそうにないんですよね」

「やっとまともに話せるはずだった矢先、だもんな、きみからすれば」

「そうなんですよ。いろいろ残念です。おれは真宮さんのこと何も知らないまま、突然繋がりを断たれた気分です。そこがもやもやするというか。心情的に納得できないというか」

うん、と名嘉は頷《うなず》いて、指についた白い粉を、手を打ち合わせて払う。

「要するに、俺はきみに、自分が知っている真宮源二《げんじ》という男について話せばいいのか」

「はい。お願いします。どういう人だったのか聞きたいです」

佳人は腰の位置を斜めにずらし、横に座った名嘉のほうに体を向けて頭を下げる。

豆大福を二個ぺろりと平らげた名嘉は、ソファの背凭《せもた》れに背中を預け、作務衣《さむえ》のズボンの下に厚手のハイソックスを履いた脚を組む。

「腕に彫り物があるのは見たよ」

名嘉は唐突に言い出した。先ほど佳人が「あちらの方たち」と筋者《すじもの》を指して遠回しに言ったのを踏まえての話だろう。

「袖を捲ったときに、捲りすぎたみたいで一瞬ちらっと見えただけだから、柄《がら》とか大きさはわからないが、今時の若者がファッションで入れるような代物《しろもの》じゃなかったのは確かだ。片肌脱ぐお奉行《ぶぎょう》さんみたいな色味だった。たぶん、二の腕から背中にかけて背負ってるんじゃないかな」

「そうだったんですか」

やはりという気持ちが強く、意外さは感じなかった。

「店を始めたのが十五、六年くらい前だそうだから、それ以前はあっちの世界にいたのかもしれないね。でも、それと今回の事件、あんまり結びつかない気がするけどなぁ。きみが怪しいと思った二人組はさておき、向こうとはとっくに縁が切れていて、今じゃ結構繁盛している居酒屋の親父だろ。ヤクザと揉《も》めてるっていうような話は噂にも聞かなかったぜ」

「……ですよね。おれも真宮さんを殺したのはヤクザじゃないと思います」

殺し方が素人《しろうと》っぽいと言うか、なんとなく稚拙《ちせつ》な気がするとは現場を見て感じた。どこがどうと指摘はできないが、暴力沙汰に慣れた人間の仕業《しわざ》とは思えなかったのだ。

「一度、肩がぶつかっただけでいちゃもんつけてきそうなピリピリした雰囲気の男が客として来ていたよ。親父さんと知り合いみたいだった。カウンターの端でボソボソ喋っていたけど、親父さんはいつものごとくあんまり相手にしてなくてさ。そしたら、痺れを切らしたみたいにそいつが『おじき』って大きな声で呼びかけたんだよね」

「そんなことがあったんですか」

どうやら佳人の勘は当たっていたようだ。

「うん。そのとき親父さん、一段と凄みのある顔つきになって、そいつを睨《にら》んだんだ。無言の迫力が二つ離れた席にいた俺にまで伝わってきて、こっちまで萎縮しそうになった。そいつもすぐに『すんませんっ』ってへこへこ謝ってたよ。『つい昔の癖が』とかなんとか言い訳してた」

「その昔馴染《なじ》みみたいな客とはべつに因縁《いんねん》があるような感じはしなかったんですね？」

「しなかったね。親父さんはそいつが店に来たときから迷惑そうで、いつにも増して機嫌が悪かったし、元ヤクザだったんだとすれば、とっくに足を洗ってカタギになってるんだ、昔の話を持ち出すな、って追い返したがってた気がする。そいつ、その後すぐきまり悪そうにしながら帰ってったよ。少なくとも、親父さんに難癖《なんくせ》つけに来たとか、昔の話をネタに脅しに来たっていうような不穏な雰囲気はなかった。もう一度一緒にやろうって懐柔《かいじゅう》しに来たってのでもなさそうだったから、もう完全にカタギになってたんじゃないかな」

「みたいですね」

少なくとも十数年前に組自体は解散しており、真宮の前歴を知る者は『伯仲《はくちゅう》』の常連客の中にもそれほどいなかった、ということだろう。名嘉は以前一度古参《こさん》の常連客と隣り合わせの席になり、お互い一人客同士だった手持ち無沙汰《ぶさた》さから、一緒に飲んで喋ったことがあるそうだが、その客も真宮が店を出す前のことは知らないと言っていたらしい。

ヤクザ同士の確執や遺恨が絡んだ事件ではないとすると、あの二人組はなんだったのか。一般人とは思えない剣呑《けんのん》な雰囲気を撒《ま》き散らしていた気がするが、彼らはヤクザではなかったのだろうか。事件が起こる直前、あそこで張り込んでいる様子だったのは単なる偶然なのか。そもそもが佳人の勘違いかもしれず、佳人は己の抱いた不審感そのものに自信がなくなってきた。あそこにただ車を停めていただけの無関係な人たちだった可能性もあり得る。自分がジロジロ見られたせいで、誰なんだろう、何をしているのか、と怪しんだが、疑いを持った根拠はそれだけだ。

「親父さんが昔ヤクザだったかもしれなかったら、きみ、気になるの？」

名嘉に聞かれて佳人はギクリと背中を強張らせた。

「い、いえ、べつに」

反射的に否定したが、正直、ヤクザに関しては佳人は人一倍敏感に反応してしまっているかもしれない。好悪の前に脊髄《せきずい》反射で意識がそこに向きがちだ。自分自身、一部のヤクザと深い関わりがあるので、存在そのものを悪と決めつける気にはならない。かといって、存在を許容するかと聞かれたらそれにも頷けない。非常に複雑で、考えるのを棚上げしているところがあった。

ふうん、と名嘉は佳人の顔をジロジロ見ながら、納得したのかしていないのかあやふやな相槌を打つ。朔田《さくた》をはじめ付き合いのある陶芸家たちに、佳人は自分の過去の話をしたことはない。する気になれないし、する必要があるとも思わないので、今後も黙っておくつもりだ。名嘉とは特に親しくさせてもらっているが、その点は他の皆と同様だ。それでも名嘉は佳人の態度に何か感じるところがあるようで、名嘉の観察眼の鋭さを知っているだけに佳人は冷や汗を掻く。

「真宮の親父さんのことは俺もショックだし、第一発見者になってしまったきみの心情は俺の比じゃないだろうが、こっちでできることは何もない。犯人が早く捕まるよう祈っておくよ。きみも、あんまりよけいなことに首を突っ込むんじゃないぜ」

「ええっ。おれ、そんな出しゃばりじゃないですよ……！」

名嘉に釘を刺されたようで、心外です、と佳人は口を尖らせる。

「そう？　なんか俺の中できみは二時間もののサスペンスドラマに出てきそうなシロウト探偵っぽいイメージがあるんだが」

名嘉はまんざら冗談でもなさそうに顔を顰《しか》めて言う。

「違います。事件に関わる気はありません。第一、警察関係者に知り合いもいませんし。捜査状況もわからないのに勝手なまねをするほど無謀《むぼう》じゃないですよ」

「そう願いたいね」

すまし返ってしゃらっと言ったあと、名嘉は「ところで」と話を変えた。

「先日話していた新作のシリーズ、思いのほか作業が早く進んで、完成が早まりそうだ」

「え、本当ですか……！」

そこから帰るまでの間に名嘉と交わしたのは、もっぱら仕事の話ばかりで、事件についてはもう触れなかった。

名嘉の工房に一時間ほどお邪魔して帰途に就《つ》く。

ステーションワゴンのステアリングを握って東京に戻る道々、佳人は勢いあまって名嘉のところに押しかけたことを反省した。

名嘉に聞いたところで、そう多くを知っているはずがないと冷静に考えればわかったはずだが、なんとなく気持ちがすっきりせず、何かしなければ収まらない心境で、駆り立てられるように行動していた。名嘉の言うとおり、お節介焼きなのかもしれない。少しでも関わりを持つと、他人事とは思えず、素知らぬ振りをする気になれない。そうした一面があることは否めない。

真宮の事件はこれまでとは違い、すでに警察が動いている案件だ。

第一発見者としての義務は果たした。佳人にできることはもうない。あとは警察や区役所などの関係各所が事態の解決に向けて動くだろう。

それでもまだ、佳人には一つ気がかりがあった。

真宮の孫、冬彦のことだ。

今頃どんな気持ちでいるのか、考えただけで胸が締めつけられる心地がする。どこにいるのか、誰が傍《そば》にいるのか、心配し始めるときりがない。

気になるなら、いっそ様子を見に行こう。そのほうが精神的に落ち着き、心置きなく日常生活に戻れそうだ。状況を把握すれば、助けられることもあるかもしれない。具体的に今何が必要か明らかになる。

高速道路を運転しながら決意する。

もうその場で首都高速道路都心環状線を芝公園《しばこうえん》で下りることにしていた。名嘉の工房を出たのが二時前だったので、三時過ぎには『伯仲』の近くに行けそうだ。店舗にも住居部分にも立ち入りはできないだろうが、近所で聞けば冬彦がどうしているかわかるかもしれない。

『伯仲』が面する道路の規制線は解除されていたが、店の出入り口の前には制服警官が一人、立ち番をしていた。近づけば止められて職務質問されそうだ。

隣接するビルとの隙間の抜け道も通行できないようテープを渡して塞がれ、建物内には警察の許可がないと入れなくなっている。

どうしようかなと思案していると、意外にも『伯仲』の引き戸がガラッと開いて、店から刑事が二人出てきた。店内で今日も捜査をしていたらしい。

二人のうちの一人は見覚えがあった。佳人にいろいろ質問した本庁の警部補だ。確か、溝田《みぞた》と名乗っていた。

佳人が声を掛けるより先に、溝田も佳人に気づいた様子で目を眇《すが》めた。

溝田は部下らしき刑事を従えて歩み寄ってきた。

「こんなところで何をしている」

溝田の態度やまなざしには、佳人を容疑者の一人だと疑っている気配はなかった。あれから捜査が進んで新たに重大な事実が出てきたとか、何かしら進展があって、佳人の嫌疑《けんぎ》は晴れているのだろう。ただ、この付近に住んでいるわけでもない佳人が、犯行現場近くをうろついていることは不審に思ったようだ。

「昨日はあんなことになってすっかり動顚《どうてん》してしまい、持参した手土産を忘れて帰ったのを思い出したんです。生ものだったので、どうなったかなと……気になりまして」

置き去りにしてきたお持たせのケーキのことを思い出したのは、溝田の顔を見たときだった。すっかり失念していたが、そういえばあれはどうなったのか、と思った途端《とたん》、口にしていた。

少々苦しいかとは自分でも思ったが、他にこれといって説得力のある説明を考えつけず、これで押し通すしかないと腹を括《くく》る。残されたお孫さんが気になって、と正直に言っても、赤の他人がなぜそこまで、と納得してもらえなそうで、それを言うのは躊躇《ためら》われた。

冬彦を放っておけない気持ちになるのは、佳人が冬彦に己の境遇《きょうぐう》の一部を重ねるからだ。周囲に頼る者のいない心許なさ、将来への不安。この先冬彦が経験せざるを得ないであろう苦労を思うと、お節介焼きと迷惑がられようが、何か自分にできることはないかと考えずにはいられない。これはもう佳人の性分で、たぶん変えられないだろう。

「どなたか警察の方に聞かれたとき、おれが持ってきたものだと答えはしたんですが、帰るとき全く頭になくて」

「ああ、それなら所轄署で預かってますよ」

溝田の後ろにいる若い刑事が口を挟む。

「ですが、たぶんもうだめになってるんじゃないですかね。まだそのまま保管しているとは思いますが」

「そうですよね。大変申し訳ないんですが、そちらで処分していただいてもいいでしょうか。お孫さんが帰宅されたら食べるかなと思って買ってきたんですが……こんなことになって、本当に残念です」

佳人は話の流れに乗せて冬彦のことを聞いてみた。

「お孫さん、大丈夫そうでしたか。それも気になっていたんです」

「あんた、あの子を知ってるのか」

溝田の目つきから心持ち険しさが薄れる。居丈高《いたけだか》に人を圧する感じはあるが、子供には優しいようだ。冷淡に見えて案外情の濃い刑事なのかもしれない。

「お店を手伝いに来ていたとき、ちょっと話した程度ですが。お祖父さん思いのいい子だなと思って見ていたので、今どうしているのかなと」

「身寄りがないらしいな。同級生の家でしばらく預かってもらうことになったと聞いている」

「そうなんですか。なら安心ですね。よかった」

佳人はとりあえず胸を撫で下ろした。

「あ、お仕事中すみません。それでは失礼します」

本音はもっと詳しい状況が知りたかったが、相手は刑事だ。そうそうペラペラと喋るはずもない。粘りすぎて、何か魂胆《こんたん》があるのかと怪しまれでもしたら厄介《やっかい》なので、あっさり引き揚げた。

それでもまだ背中に鋭い視線が注がれるのを感じ、緊張して足が縺《もつ》れないかと気が気でなかったほどだ。べつに悪いことはしていないのに、なぜか警察が相手だと身構えてしまう。そう感じる人は多いと言うが、佳人も例外ではなかった。

同級生の家にいると聞いて、佳人は井上《いのうえ》に聞いたはずの苗字を思い出そうと足掻《あが》いていた。

会話の中で井上がさらっと言ったのだが、佳人も聞き流していて、はっきりとは覚えていなかった。そんなに頻繁に出会《でくわ》す苗字ではないと思った記憶はある。少なくとも、佳人の知っている範囲にはいない名だった。

近所、というからにはこの辺りの家だろう。

マンションならお手上げだが、一軒家も結構見かける一帯だ。あまり期待せずに、ぶらぶらと歩きながら表札を見て歩く。記憶が定かでない上に戸建てに限る、というザルもいいところの探索だ。何もしないよりはまし程度の気安めでしかないと承知していた。

歩きながら、井上のことも考えた。

勤め先が突如休業することになって、井上も困っているだろう。井上なら冬彦の居場所を知っていそうだが、あいにく佳人は店以外で彼と顔を合わせたことがなく、連絡の方法がなかった。

山下、財部、金藤……表札を見ていきながら、たぶん違う、これも違う気がする、と記憶をまさぐっていると、二軒先の家の門扉《もんぴ》を開けて中学生くらいの少年が出てきた。

背格好が冬彦に似ている。

まさか、と佳人は目を瞠《みは》った。

こんな偶然があるものなのかと半信半疑だったが、こちらに向かって歩いてくるのは見間違えようもなく冬彦だ。

俯《うつむ》きがちで地面の先に視線を向ける感じで歩く冬彦は、佳人とかなり近づいていても気づいていないようだった。

「冬彦くん」

できるだけ驚かせないように、佳人の足先が視線を落とした冬彦の視界に入るくらいのタイミングを見計らって声を掛ける。

顔を上げた冬彦は佳人を見て意外そうに目を瞠ったが、落ち着いた様子は崩すことなく、問うようなまなざしを向けてきた。僅《わず》かに首を傾げただけで、表情の変化はほとんど窺《うかが》えない。目鼻立ちがすっきりとした綺麗《きれい》な少年だが、その整った容貌がかえって冷たげな印象を与えるようだ。ほんの少し口元を緩めて目つきを和《やわ》らげれば、ずっと取っつきやすい感じになるだろうに、全然その気がなさそうでもったいないと思う。それとも、こういう硬い表情は大人に対するときだけで、友達には子供らしい屈託のない顔を見せるのだろうか。

「一昨日店で会ったよね。覚えてる？」

冬彦は佳人を見つめたまま、返事の代わりに首を小さくこくりと動かした。

「えっと……これからどこかへ行くのかな。コンビニとか？」

来る途中コンビニエンスストアがあったのを思い出して聞いてみると、冬彦はまたしても微《かす》かに頷いた。本当に喋ってくれない。だが、佳人は辛抱強く話しかけ続けた。口こそ開いてくれないが、表情にも態度にも佳人を拒絶しているところは見受けられなかったからだ。

「お祖父さんのこと、大変だったね。お悔やみ申し上げます」

佳人はあらたまって礼を尽くして言った。

「……ありがとう、ございます」

ようやく冬彦が口を開く。ぎこちないのは佳人と話すことに慣れていないせいだろう。まだ完全には気を許してくれていないようでもある。無理もなかった。会うこと自体二度目だ。

「今、お友達の家にいるんだよね。どうしているかなと気になっていたんだ。顔を見られてよかった。さっききみがあそこの家から出てくるのを見たとき、偶然に驚いたよ。会えたらいいなと思って歩いていたおれの気持ちを、天が汲《く》み取ってくれたみたいだ」

「僕も……びっくりしました」

訥々《とつとつ》とした調子ではあるが、冬彦も喋るようになってきた。

せっかくこうして会えたのだから、もう少し冬彦と話がしたい。佳人は無理を承知で冬彦に頼んでみた。

「ちょっとだけ時間をもらえないかな。コーヒー一杯飲む間でいいんだけど」

冬彦は迷惑がる素振りも見せず、淡々と「はい」と承知する。

深い森の中に秘やかに水を湛《たた》えた湖のように静謐《せいひつ》なまなざしに、佳人は圧されるような心地になった。一回り以上年下の子供だが、侵しがたい品格と知性を感じ、気を抜くと太刀打ちできなくなりそうだ。自分と対等以上に渡り合うつもりでいることが察せられ、こわいな、と感嘆した。遥《はるか》や東原《ひがしはら》とはまた違う存在感、強さだと思った。

大きな通りに出ればコーヒーショップやファーストフード店がある。そこまで歩いていく間、佳人は冬彦にうるさがられないように注意を払って話しかけた。

「昨日、お祖父さんを最初に見つけたの、おれなんだ。だから、なおのことときみがどうしているか気になって」

一日にして自分を取り巻く世界が一変し、悲しみや不安や戸惑いなどで頭がいっぱいなのではないかと思うと、一語一語発するにも神経を使う。表情がほとんど顔に出ない相手なだけに、どれだけ慎重になっても足りない気がした。

「僕は現場は見ていません」

突っ慳貪《つっけんどん》とは違うが、感情の籠《こ》もらない、何を考えているのか察しにくい語調で、冬彦は大人びた発言をする。現場という語句が冬彦の口からさらっと出て、十四歳はもう大人と変わらないのだなと佳人は認識をあらためた。子供と大人の間の時期で、どう扱えばいいのかわからないと思っていたが、年齢を意識しすぎず普通に話していいようだ。冬彦にはすでに充分な知識があるらしい。

「警察署に連れていかれて、霊安室で寝かされている祖父と会いました。眠っているみたいでした。心構えもできていたので……。たぶん、あなたのほうが大変だったんじゃありませんか」

気遣うつもりで来たのに、反対に冬彦から労《いたわ》られ、佳人はいささか立つ瀬がなかった。想像以上にしっかりしている。佳人の出る幕はなさそうな気がしてきた。

「おれは大丈夫だよ。ただもう、とても残念で、ショックは受けたけれど」

「祖父はあなたのこと結構気に入っていたようですよ」

「そうだったの。それは嬉しいな」

それから冬彦はしばらく口を噤《つぐ》んだままだった。

並んで歩きだしてからは、背筋を伸ばして顔を上げ、まっすぐ前方を見据えた冬彦の横顔には、張り詰めた印象がある。言動はしっかりしすぎているくらいに思えるが、精一杯平気な振りをしているだけのようにも感じられる。表に出せない感情を自分の中に溜め込みがちなタイプかもしれないので、この子は大人と同じだから大丈夫、とは考えないようにしなければと、佳人は己に言い聞かせた。

車通りの多い道をしばらく歩くと、全国チェーンのハンバーガーショップがあった。

「ここでもいいですか」

冬彦に聞かれ、「もちろんだよ」と佳人は先に立って店に入った。

午後四時過ぎという中途半端な時間のためか、店内は比較的空いていた。

育ち盛りなので、友人宅でじっとしていてもお腹が空くのだろうと思って、ハンバーガーも食べるかと聞くと、そこは年相応に頷いた。はにかみながら、肉が二枚重なった食べ応えのある品を指差す。可愛いなぁと思って、佳人は胸がほっこりした。弟がいれば、こんな感じなのだろうか。佳人は一人っ子なので、こうした感覚を持つのは初めてだ。

「ひょっとして、コンビニには食べものを買いに行くつもりだったの？」

「……はい」

お世話になっている同級生の家は、両親が共働きで、同級生自身も学校からまだ戻っておらず、今冬彦以外誰もいないらしい。皆冬彦を心配して、会社や学校を休んで一緒にいようとしてくれたそうなのだが、冬彦が大丈夫ですと言い切ったので、通常通りに朝出掛けたそうだ。同情されるのが不得手なのかな、と佳人は感じた。佳人もどちらかといえば、他人に迷惑をかけたくない、迷惑をかけていると思いつつそれに甘んじるほうが、一人で我慢するよりよほど苦しいと感じる質《たち》なので、冬彦の気持ちは理解できる気がした。

店舗の二階のイートインスペースで、冬彦と向かい合ってテーブルに着く。

冬彦は細めの体型をしているが、食欲は旺盛らしく、ダブルで肉が挟まったハンバーガーをぺろりと食べた。食べ方も綺麗で、見ていて気持ちがいい。食べ終えたあとは包み紙を丁寧に畳む。躾《しつけ》に厳しそうな真宮に、きっちりと育てられたのだろうな、と思われた。

「身長一六五センチくらい？　まだ伸びそうだね」

見た感じ骨格がしっかりしているので、一七〇センチそこそこの佳人より、将来的には背丈も体格も大きくなるかもしれない。

冬彦は佳人の顔を見て、長めの睫毛《まつげ》を面映《おもは》ゆそうに瞬かせた。食べるところを見られていたのが少し気恥ずかしかったようだ。佳人はホットコーヒーを飲んでいるだけだったので、その間手持ち無沙汰に見えたのかもしれない。

「……あの。……どうお呼びすればいいですか」

「ん？　ああ、おれのこと？　久保《くぼ》でも佳人でも呼びやすいように呼んでくれてかまわないよ」

「はい」

冬彦は返事だけして、佳人をなんと呼ぶことにしたのかは言わなかった。話をしているうちにわかるだろう。

「学校にはいつから行くの？」

この先冬彦がどうなるのかが佳人には一番気がかりだ。

「木曜日に来られるようなら来なさいと担任からは言われています。いちおう行くつもりです」

「それまではずっとお友達の家にいる感じ？」

「たぶん、お世話になると思います」

冬彦自身、先のことは見通せていない様子だが、不安で何も手につかないというほどではなさそうだ。しっかりした返事の一つ一つに精神的な強さが窺える。

十四歳というと、保護者か後見人なしでは何もできない年齢のはずだ。十年前に出奔《しゅっぽん》した母親が事件を知って連絡してくればいいが、そうでなかった場合、父親は最初からいないということなので、親戚が面倒をみるか、あるいは養護施設に行くことになるだろう。

お母さんから連絡はないのか聞きたかったが、デリケートな話題なので、赤の他人である佳人がそこまで立ち入るのはどうかと躊躇い、切り出しにくかった。

冬彦の鋭さや察しのよさは承知していたが、冬彦が自ら自分の家族や親族についてぽつりと洩《も》らしたときには、心を読まれたかと思った。

「……祖父以外の家族は、いませんから」

聞いておきたかったことを冬彦のほうから話してくれたにもかかわらず、佳人は咄嗟《とっさ》にどんな言葉を返せばいいのか迷い、すぐには口を開けなかった。

冬彦は悲観することなく落ち着いて見える。己の置かれた立場を理解した上で、なるようにしかならないと冷静に考えているのが感じられる。どんな境遇になっても乗り越えてみせる、自分の人生は自分で切り拓《ひら》く、そう決意しているように思えた。

おそらく、付き合いのある親戚もいないのだろう。祖父が亡くなった今、天涯孤独で身寄りがなく一人残されたのであろうことが、冬彦の達観《たっかん》した顔つきから推察される。

「もしかしたら母はどこかで生きているかもしれないですが、もう十年会ってないし、僕にとってはいないのと同じです」

母親のことにもさらっと触れたのは、佳人が聞いていいかどうか迷っているのが伝わったためかもしれない。感傷的になっている様子はなく、冬彦の中ではとうに整理がついているらしい。恨みもなければ恋しさもない、母親に対する感情は特に持ち合わせていないようだ。それが虚勢ではなさそうなことも、物言いから感じとれた。

「お祖父さんの知り合いとかお友達とかはいたの？」

いるなら、そういう人が後見人になることもあり得るのではと思ったが、冬彦はさぁと心当たりがなさそうに首を傾げた。

「お祖父さんがあの店を始める前は何をしていたか聞いたことある？」

これにも冬彦は黙って首を横に振る。冬彦が生まれる以前の話だし、真宮がもし本当に昔ヤクザだったのだとしたら、孫にそれを言うとは思えない。刺青を見ることはあっただろうから、冬彦も薄々察してはいたかもしれないが、触れにくかったのではなかろうか。少なくとも、冬彦が物心ついてから祖父の前職がわかるような出来事は、特になかったのだろう。

「早く落ち着いて学校に通えるようになるといいね」

湿っぽい話題ばかりでは冬彦の気持ちを沈めてしまいそうで、佳人は学校のことを聞いた。

「勉強、得意そうだよね。好きな科目とかある？」

「特には。どれも同じくらい好きで、同じくらい面倒くさいなと思います。……佳人さんは？」

ここでいきなり学生時代を思い出させる質問を返されたのにも不意を衝《つ》かれたが、加えて、冬彦に初めて名前を呼ばれて、さらにドキリとした。慣れなくてちょっと面映ゆい。もちろん嫌なはずはなく、久保さん、という呼び方でなかったことが嬉しかった。冬彦に親しみを感じてもらっている気がする。そう呼んでくれることにしたんだね、と言うと冬彦は気まずいかもしれないと思い、佳人はあえて聞き流した。だんだん冬彦の考えそうなことがわかるようになってきた感触がある。

「おれは、勉強ずっと好きじゃなくて、高校までは嫌々やっていたかな」

「そうなんですか。真面目な優等生だったのかと思ってました」

「端から見ればそうだったかも。成績は悪くなかったんだよ」

「はい」

ふわりと冬彦の顔が初めて綻《ほころ》んだ。

あ、笑った、と佳人は嬉しさに目を細めた。ここで笑うとは思っていなかっただけに、意表を衝かれた心地だ。笑ったと言うより、笑ったように見えたと言うほうが的確で、しかもほんの僅かな間でしかなかったが、佳人としては今日一番の収穫を得た気持ちだった。

「大学では何を学んだんですか」

「え？　あ、ああ、経済学だよ」

答えながら佳人は、この子やっぱりすごいな、と感心していた。言葉尻を聞き逃さず、そこから察して話を進める。無駄がなさすぎて、お喋りしていると言うより、気の抜けない駆け引きをしている気分にすらなる。

冬彦がもっと詳しく聞きたがっているようなまなざしを向けてきたので、佳人は高校から大学にかけての、自分にとって重大な心境の変化があったあの頃のことを思い返し、言葉を足した。

「高校のとき、おれも事情があって両親と離れないといけなくなったんだけど、そこで環境が一変して、普通に学校に通って勉強できることが実はものすごく幸せなことだったんだとわかったんだよね。それからかな、学ぶことに楽しさと意義を感じだしたのは」

佳人の話に、冬彦は食い入るような目をして、一語一句洩らすまいというような真剣さで、耳

を傾けているのがわかった。殊に、佳人も人生の早いうちに、立ち行かない出来事に見舞われたことをぼかして話したときには、肩を揺らすほど反応していた。

「大学は……自力で行ったんですか」

その質問は佳人には非常に痛かった。できれば答えたくなかったが、そうすることで冬彦の信頼をなくすのはもっと嫌だったので、腹を括った。

「お世話になった人が勉強することに理解があったので、甘えさせてもらった。そこは今でもすごく感謝してる」

言いながら、冬彦にもそういう人がいればいい、と強く願った。同時に、遥のことが脳裡《のうり》に浮かぶ。遥こそ自分の力で高校、大学と出て、早期に奨学金を完済した男だ。ただし、これがいかに大変なことかは想像するにあまりある。並大抵ではない努力と意志の強さがなければできないだろう。

「今ね、一緒に暮らしている人がいるんだけど、その人は高校も大学も誰にも頼らないで出たんだよ。すごいと思ってる」

「そんな方も佳人さんの身近にいるんですね」

冬彦はふっと溜息を洩らして俯く。

自分の将来を考えて、突然先が見えなくなったことに不安を覚えないはずはない。祖父が生きているうちはまだ見通せていたであろう展望が、予期せぬ形で閉ざされたのだ。足下が崩れて、立っていられる場所を探すところから始めなければならないとなると、どんなにしっかりした人でも気力を保つのは大変なのではないかと思う。

「よかったら、連絡先教えてくれないかな」

佳人は思いきって冬彦に言ってみた。

「たいして役には立てないかもしれないけど、こうやって話を聞くくらいならできるから。もちろん、嫌なら無理にとは言わないよ」

まだ二度しか会っていないので、冬彦がどこまで佳人を信用してくれているかわからない。同い年くらいの友達同士ならばともかく、冬彦からすればおじさんという年齢になるであろう佳人に携帯電話の番号やメールアドレスをいきなり聞かれたら引くだろうな、やっぱり、と半ば期待していなかったのだが、冬彦は黙ってポケットから携帯電話を取り出した。以前佳人も使っていた二つ折りの機種だ。

「アドレス、教えてください」

えっ、と思いがけない展開に狼狽《うろた》えながら、口頭でアドレスを教える。

片手で素早く入力するのを見て感心していると、佳人のスマートフォンにさっそく着信があった。冬彦が、真宮冬彦です、というタイトルの、本文のないメールを送ってくれている。佳人はそれを連絡先に新規登録した。

「ありがとう。あの、何かあったら遠慮なく連絡して。またハンバーガー食べたくなった、とかでもいいよ」

「はい」

冬彦はまた少し笑ってくれた。

「すみません、そろそろ帰らないと」

「そうだね。引き留めてごめんね。付き合ってくれてありがとう」

「いえ。こちらこそ。ご馳走様《ちそうさま》でした」

綺麗なお辞儀《じぎ》をされて、佳人は最後まで気持ちがよかった。

店の前で冬彦と別れたあとも、背筋の伸びた後ろ姿が離れていくのをしばらく見送った。

生々しすぎて冬彦には言えなかったし、聞けなかったが、真宮の遺《のこ》した資産がどの程度あるかでも、冬彦の今後は左右されるだろう。進学の話をしていたとき佳人の頭に浮かんだのは、まずそのことだった。

しなくてすむ苦労はしなくていいと佳人は思う。特に子供は、親や社会に甘えられるだけ甘えさせてもらえばいい。そのぶん、大人になって次の世代に返せばおあいこだ。

冬彦ができるだけ本人の希望するとおりの道を歩けるようにと、佳人には願うことしかできないのがもどかしい。

母親はどうしているのか、やはり気になった。

親がいるのといないのとでは、冬彦の人生は変わるだろう。

だが、こんな大きな事件が起きても母親のほうから連絡してこないとなると、何か事情があって表に出てこられないのかもしれない。

そういう人捜しが得意そうな人物の顔がすでに佳人の頭には陣取《じんど》っているが、実際に頼むとなると、それなりの覚悟が要《い》りそうだ。まだ事件から一日しか経っていないし、ここはもう少し様子見するべきか。

車を運転しながら佳人はそんなことをつらつらと考えた。

自宅に着くと、まだ六時前にもかかわらず遥が先に帰ってきていることが、車庫に今朝乗って出たはずのセダンが戻っていることからわかった。

隣のスペースに車を入れて、玄関を開けて「ただいま帰りました」と声を掛ける。

「よう。邪魔してるぜ」

意外にも、取り次ぎにわざわざ姿を見せに来たのは、川口組若頭《かわぐちぐみわかがしら》の東原辰雄《たつお》だった。

＊

「遥のやつは台所で蕎麦《そば》を打ってる。今行くと邪魔だって睨《にら》まれるぜ。おまえさんはこっちで俺と飲め。旨《うま》い酒が手に入ったから持ってきた」

台所を覗《のぞ》きに行く前に、佳人は東原に取り次ぎの横にある応接室に背中を押して入らされた。

和風にデザインされた布張りのソファがコの字に配され、真ん中にローテーブルを置いた応接室で、東原は一人で摘みをつつきながら酒を飲んでいたようだ。

蕎麦を打つときの遥は、周囲でうるさくされるのを嫌い、一人で没頭するのが常だと佳人も心得ている。確かに台所の方からは、それらしき音が聞こえてくるので、この場はおとなしく東原と向き合うことにした。

東日本最大の組織、川口組でナンバー2という地位にいる超大物ヤクザとサシで飲むのは、どんなに付き合いを重ねても緊張する。

東原とはそれなりに親しくしてもらっているし、遥や貴史《たかふみ》を通じても縁の深い相手だが、全身から醸《かも》し出される威圧感が半端ではなく、二人きりだとそれが倍どころか三倍にも四倍にも増幅して感じられた。

有無を言わせず、顎《あご》をしゃくってすぐ横に座らされ、佳人は自分たちの家だというのに客人である東原に遠慮する心地で腰を下ろした。

「ほら、飲め。蕎麦はまだ時間がかかる」

「あ、はい」

盆に伏せてあった猪口を持たされ、東原が手ずから注いでくれた酒を受ける。

元々それほど強くなくて、日本酒は特に酔いやすいため、とりあえず口をつける程度にする。

東原はぐいっと二口ほどで杯を空けた。すかさず徳利《とっくり》に手を伸ばしかけたが、先に東原が取って手酌《てじゃく》で杯を満たした。酔いのかけらも見受けられない怜悧《れいり》なまなざしが、よけいな気遣いはいらない、と言っていた。

「今日遥さんとはどこで……？」

どんな経緯で、遥が月曜の夕方から蕎麦を打つことになったのか想像がつかず、佳人は東原に聞いてみた。

「前から遥が飲みたがっていた酒が手に入ったから、昼間黒澤《くろさわ》運送に持っていった。お茶を飲んで喋ってるうちに、久々におまえの打った蕎麦が食いたい、って話になったわけだ」

東原の説明はあっさりしていた。それだけですか、と拍子抜けするほどだ。

このしたたかで、なんでも計算尽くで動くはずの男が、わざわざこの場にいるのは他にも用件があるからとしか思えない。猛愛している遥の手打ち蕎麦が食べられるにしても、今はそこまでのんびりできる状況ではないだろう。例の事務所発砲事件の犯人が捕まっていない中、東原もまだ落ち着けていないはずだ。

東原の腹の内は読めないが、佳人も東原に話があったので、この機会を逃す手はなかった。現在行方が知れないという真宮の娘の居場所を突きとめられないか、聞くだけ聞いてみたかった。

「もう、遥さんから聞かれました？」

真宮の件に関わることになった事情をまず説明する必要があったので、佳人は東原がどこまで把握しているのか確かめようとした。

さっそく塩辛に箸《はし》を伸ばし、「旨いな」と満悦《まんえつ》した東原が、我が家同然の寛ぎぶりで聞く。

「ええ。自分で言うのはなんですが、今日のはとてもいい出来です。今鍋に湯をたっぷり沸かしているところなので、もう少し待ってください」

「そいつは楽しみだ。俺の相手は佳人がするから、おまえさんはこっちは気にするな」

「あまり苛《いじ》めないでやってください」

遥はちらりと佳人を流し見て、東原に軽く釘を刺して出ていった。

ふん、と東原は唇を曲げて愉《たの》しげに笑う。

「妬《や》けるほど愛されてるな、佳人」

「ええ」

すみません、と照れ隠しに謝りかけて、その必要はないと思い直す。東原も佳人の知らないところできっと貴史を甘やかしているに決まっているのだ。貴史と会うたびに、仕事も私生活も順調なのだろうと感じる。そうした輝きは不思議と外からもわかるものだ。

遥が追加で持ってきてくれた出汁巻き卵も、ふわふわで風味豊かな一品だった。男の手料理ふうが基本だが、遥の作るものには食材への感謝と食べる人への愛情が詰まっている。料理本を見てその通りに作るだけの佳人では、まだ遥の足下にも及ばない。

「実はな、佳人」

手酌で自分の杯を満たすついでに、佳人の杯もいっぱいにして、東原がおもむろに話を戻す。

「こいつもまた奇縁だが、事務所に発砲された事件と、昨日の事件、まるっきり無関係でもなかったぞ」

えっ、と佳人はいっきに微酔《ほろよ》いが醒《さ》める心地だった。

「どんな関係があるんですか？　殺された真宮源二という人、どうやら元暴力団関係者だったみたいなんですけど……」

「十七年前に解散した笠嶋組《かさじまぐみ》で幹部だった男だ」

「笠嶋組……それは、川口組系なんですか」

「いや、うちとは関係ない。船橋《ふなばし》をシマにした土着型のヤクザで、規模的にはそれほど大きくなかったようだ。組長が病死して、跡目を継げる者がいなかったから解散したらしい」

そういう小さな組はきっとたくさんあるだろう。東原がいちいち気にかけるほどのものではない気がする。笠嶋組と東原にどんな関係があるのか、佳人には全然考えつけなかった。

「笠嶋組の主な資金源は中国から密輸する麻薬や拳銃だったようだ。何度か警察に摘発《てきはつ》もされている。当然警察のほうでも解散に際してそうしたブツが流れるのを警戒していて、ほとんどは回収したとされているんだが……」

もしかして、と佳人にも東原の言わんとすることがうっすらと見えてきた。

ああ、と東原も頷く。佳人を見据えた目が、おまえにも察しがついたかと言わんばかりに眇《すが》められる。口元は小気味よさげにカーブしていた。

「解散のどさくさに紛れて、拳銃が一丁、誰かの手で持ち出されたらしく、いまだに見つかっていない。そいつは前にも組同士のいざこざが起きた際、相手方の車に発砲された曰《いわ》く付きの拳銃だ。弾はあと七発残っていたことが、元組員の証言でわかっている。その拳銃は一発発砲されたきり、その後どこかに消えていたんだが、先月系列の組事務所に撃ち込まれた弾の線条痕《せんじょうこん》が一致することがわかった」

要するに、持ち逃げされて行方不明だった銃が十七年間の沈黙を破り、再び表に出てきたということだ。

「警察は笠嶋組の元幹部だった真宮さんに目をつけていたんですか」

そこまで言ってから、佳人は、あっ、と声を上げそうになった。

「ひょっとして、真宮さんが殺される数時間前におれが店の傍《そば》で見かけた二人組は、警察だったんでしょうか」

「人相のよくない怖そうな二人組だったんだろ？」

東原はニヤニヤしながら冷やかすように言う。

「はい。まぁ、そんな感じ……でしたけど」

そうか、あれは警察だったのか。佳人はバツの悪さを味わいつつも、合点《がてん》がいってすっきりしていた。暴力団関係を担当する課と、殺人事件担当の課は別だ。普段の捜査ではお互い連携を取ることはない。関係があるとわかってはじめて捜査協力するケースがほとんどのはずだ。

「あぁあ……おれ、なんだか申し訳ないことをした気がします。よけいな発言をして無駄な調べものを増やさせてしまったようです。もちろん、すぐに別の部署の刑事さんたちだったとわかったでしょうけれど」

今日会った溝田警部補は、この件に関しては何も言わなかったが、それはおそらく、捜査上判明した事実を一般人に喋ることはできなかったからで、その規律さえなければ嫌味や皮肉の一言二言投げつけられていたかもしれない。

佳人は恥ずかしくなって、髪を指でぐしゃりと掻き乱すと、気を紛らわすようにお猪口に入っていた酒を飲み干した。東原はそれを止めもせず見ていて、空いたお猪口に最後の一滴まで徳利の酒を注ぎ足す。遥が見ていたならば眉を顰《ひそ》めたことだろう。

「でも、警察がずっといたのなら、店に入っていく犯人を見たんじゃないんですか」

「間が悪かったんだ」

東原は出汁巻き卵を小皿に取り分けてから話を続ける。

「四課の連中が目をつけていたのは真宮じゃない。真宮自身はヤクザを辞めてすっぱりカタギに戻っている。四課もそれは承知していた。拳銃の件も、自分は関わっていないと否定していて、疑う理由はなかった。警察の狙いは、真宮の店にときどき来るという元組員だ。そいつの居場所は真宮も知らず、これまでのところ十日に一度くらいの割合でふらっと飲みに来ていると言う。それで、店を張っていれば現れるんじゃないかと見張っていたらしい。昨晩、閉店一時間前にそいつが現れて、看板と共に出てきたので、そのまま尾行したそうだ」

その元組員というのは、名嘉が言っていた男のことに違いない。

東原の言うとおり、確かに間が悪い。目当ての男があの晩現れたために、警察は閉店後に訪れたのであろう犯人を見なかったのだ。だからといって警察に落ち度があるわけでもない。

それにしても……。佳人は東原の浅黒く焼けた精悍《せいかん》な横顔を見て嘆息する。

「警察の動向にも詳しいんですね」

「中に知り合いがいるんでな」

東原ならばどんな大物と知り合いでも違和感はない。中と一語ですませたが、一介の刑事を指しているのでないことは、不敵な顔つきを見るまでもなかった。

「酒、なくなったな」

「入れてきます」

佳人は空いた徳利を手にソファを立つと、台所に行った。

台所では遥が茹で上がった蕎麦を冷水で締めているところだった。

スーツの上着を脱いでネクタイを外し、胸当て付きのエプロンを着けた姿で台所に立つ遥もまた男前で見惚れてしまう。仕事も家事もこなすところは佳人の理想であり手本だ。自分も遥のようになりたいといつも思っている。

「酒か」

遥は佳人が台所に入ってきた時点で何をしに来たのかわかったようだ。

「はい。東原さん、まだ全然飲み足らないみたいですよ」

「ウワバミだからな。酒は冷蔵庫の中だ。黒い瓶があるだろう」

冷蔵庫を開けると、ドアポケットに遥の言った小振りの瓶が挿《さ》してある。佳人はそれを徳利に移した。

その間に遥は、簀《す》の子を敷いた器に蕎麦を盛り付け終えていた。

「ついでにこれも持っていけ。俺も後からすぐに行く」

はい、と佳人は承知して、大きめの盆に徳利と蕎麦三枚を載せる。

それを持って台所を出ていきかけたとき、遥が背中を向けたままポツリと言った。

「引きずってないか心配していたが、大丈夫そうだな」

遥は普段あまり喋らないが、口を開くと直球で佳人の胸を射貫《いぬ》くことがしばしばある。

このときも、まさにしてやられた気分だった。心配されて素直に嬉しいと思う。

「はい。大丈夫ですよ。夜中、遥さんがしっかり抱いてくれていたから、意識が薄れてからは朝まで熟睡してました」

「……そうか」

そうか、の前に微妙な間があった気がして、佳人は自分で大胆な発言をしておきながら、じわじわと恥ずかしさが湧いてきた。

「先に、行ってますね」

逃げるように応接間に戻る。

東原はガラス戸の傍に立ち、室内から漏れる明かりで手前の方だけ照らし出された主庭を見ながらスマートフォンで誰かと話していた。何やら指示を出している。仕事の話のようだ。東原はヤクザだが、辣腕《らつわん》の実業家でもある。行きつけの老舗テーラーで誂《あつら》えたと思しきスーツを着こなし、刻々と変わる市場の動きを読んで、時に慎重に時に博打《ばくち》まがいの巨額な取り引きを瞬時にやってのける姿は、ある種の憧憬《どうけい》を掻き立てる。悔しいが、かっこいい。負けず嫌いの佳人も認めるしかなく、東原に対してはどこに負けん気を出せばいいのかもわからないほどだった。

「悪かったな」

通話を終えた東原がソファに座り直す。

ちょうど遥もエプロンを外してやって来て、三人で蕎麦を食べた。

遥が今日のは出来がいいと自画自賛していたとおり、打ち立ての蕎麦は頰が落ちるかと思うほど美味しかった。歯応えも喉越しも最高だ。遥もまた、なんでもできる男だ。生き急いでいるのかと心配になるほど四方に手を広げて精力的に働き、稼いだ金を惜しみなく遣う。最近まで佳人も知らなかったが、慈善事業団体にも毎年多額の寄付をしていて、そのほとんどが身寄りのない子供たちを養育するためのものだ。遥の生き方にも佳人は強い尊敬を抱いており、常に影響を受けている。

そんなすごい二人に挟まれて蕎麦を啜っているのが、我ながら不思議な気分だ。畏《おそ》れ多いと感じる一方、いつか自分も二人と対等に張り合える人間になりたいと奮起《ふんき》する。

蕎麦を食べ終えたあとも遥と東原は日本酒を酌《く》み交わし続け、歌舞伎町界隈《かぶきちょうかいわい》の経済の話などを活発にしていた。

後片づけは佳人がする。手際よく洗いものをすませて、どうせまた空いただろうと踏んで新しい徳利を持って応接室に戻ると、ちょうど話が一段落したところだったらしく、「おまえも座って飲め」と東原に促された。二人ともまだ全然酔った気配はない。こんな酒豪たちとまともに付き合っていたら酔い潰される、と佳人は苦笑いした。

飲めと言うから飲まされるかと思いきや、東原は遥との間に佳人が腰を下ろすと一転して表情を引き締めた。

「真宮源二の事件に話を戻すが、四課との絡みが明るみに出てすぐの段階では、暴力団関係者とのいざこざではないかという意見もあったようだが、検死結果が出て、傷の具合なんかからシロウトの突発的犯行の可能性が高いとの見方が強まった」

佳人も真剣に聞く。

「俺も発砲事件の実行犯割り出しにかかっていて、真宮のところに出入りしていた元組員の線が濃厚かとも思ったが、少なくともそれと真宮が殺されたこととは関係なさそうだな」

「真宮がなんらかの形で発砲事件に関わっていたために報復を受けて殺された、という線は消えたということですか」

横から遥が整理して言う。

「ああ。警察は真宮の身辺を洗い直すようだ。昔気質《むかしかたぎ》の情の強い任俠者《にんきょうもの》だったそうだが、導火線みたいに気が短くて、怒らせると面倒な御仁でもあったようだ。揉め事は日常茶飯事、誰でも容赦なく怒鳴りつけて罵詈雑言《ばりぞうごん》を浴びせるから、あちこちで恨みも買っていたんだろう」

「おれの印象もそれでした」

実際、目の前で手厳しく責められていた取引先企業の担当者もいた。

「小狡い感じの人には特に容赦がなかったみたいですね」

「俺もそういうのが気に食わねぇから、気持ちはわかる。会って話していたら案外気が合ったかもしれねぇな」

東原は心なしかしんみりとした口調になり、口直しするかのように杯を傾けた。

まったく面識のない相手でも、同じ道を通っている者同士通ずる部分があるのかもしれない。

佳人は、帰る道々ステアリングを握りながら、東原の力を借りようかどうしようかと迷っていたことを思いきって切り出した。

「一つ、お願いがあるんですが」

佳人の表情がよほど切羽《せっぱ》詰まって見えたのか、東原だけでなく遥までピクリと眉を顰めた。何を頼むつもりかと不穏な心地になったようだ。

東原のほうは、どうも佳人が口を開く前からこの展開を予測していたきらいがある。面白そうに佳人を見る目が、おまえの考えなどお見通しだ、と揶揄しているようだった。

「なんだ。場合によっては聞いてやらないこともないぜ」

言うだけ言ってみろ、と傲慢に顎をしゃくられる。

佳人は一つ息を吸い込み、下腹に力を入れた。

「十年前に家出して以来、音信不通になっている真宮さんの娘を捜していただきたいんです」

「娘の名前は？」

東原は表情を変えず、よけいな合いの手を挟むでもなく、単刀直入に聞いてくる。

「真宮芳美《よしみ》さん、です」

東原に気圧《けお》されて一瞬ど忘れしそうになって焦《あせ》ったが、なんとか言い淀まずにすんだ。よかった、と胸を撫で下ろす。ここで返事に詰まっていたら、そこから先は聞いてもらえなかったに違いない。東原との遣り取りには、そんな緊張感が漲《みなぎ》っている。

「その女を捜してどうするつもりだ。一人残された孫を引き取ってもらおうって腹か」

「冬彦くんが選択できる道を、可能性があるなら一つでも潰したくないんです」

佳人は真摯な気持ちで、訴えるように東原に言った。

「もちろん、決めるのは冬彦くんです。お母さんのことをどう思っているのかも聞いていません。捜せたとしても、冬彦くんが会わないと言うかもしれない。よけいなお節介だとおれは罵《ののし》られるかもしれない。でも、徒労に終わってもいいので、今おれができることをしたいんです」

「つくづく、おまえさんはお人好しだな」

呆れたように、それでいて、とても優しい目つきで東原は佳人を流し見る。

東原に完全に拒絶されている気はしなくて、佳人は膝を乗り出した。

「人捜し、下手したら警察よりもお得意ですよね」

お世辞でもなんでもなく、佳人はヤクザの情報網のすごさを知っている。どこに逃げても、隠れても、捜し出されて追い詰められる。恐怖と絶望から自死する者も少なくない。一度目を付けられたら、どんな形であれ落としどころを見つけてカタをつけるしかないのだ。

「ほかならぬおまえさんの頼みだ。捜してやらねぇこともないが」

が、の後が肝心だ。

佳人は息を止めて、言葉の続きを待った。

遥も反対隣で東原と佳人の遣り取りに意識を集中させているのがわかる。

「そうだなぁ」

東原はわざとのようにもったいぶって、意味深なまなざしを、佳人を通り越して遥に向けた。

嫌な予感が背中を駆け抜ける。

よもや、ここで遥を引き合いに出すとは思っていなかった。いくらなんでも悪ふざけが過ぎるだろう。無節操だ。自分が真剣なだけに、回避する代案が見つけられずに佳人は動揺した。

案の定、東原はいつもの冗談めかした調子より、ぐんと熱の籠もった口調で言う。

「そうだな、遥を俺に一晩預ける覚悟があるなら、捜してやろうじゃねぇか」

「辰雄さん」

遥が窘《たしな》めるように口を挟んできたのと、佳人がきっぱりと断じたのとが同時だった。

「いいえ。なら結構です」

まさに言葉が口を衝いて出たという感じだ。感情が理性を凌駕《りょうが》し、損得勘定《かんじょう》をさせなかった。

はっはっは、と東原が今日一番の愉快な出来事に遭遇したかのごとく笑いだす。

「辰雄さん。冗談が過ぎますよ」

珍しく遥が東原を相手に語気を強くする。

ダシにされて不愉快だったようだ。

「ああ。すまん。すまん、遥、佳人」

東原はまだクックッと笑いながら、佳人の顔を鋭く見据え、

「調べてやるよ」

とはっきり約束してくれた。

*

「見送りは要らん」と断って引き揚げようとした東原を、遥がそんなわけにはいかないと無言で追っていき、五分ほどして戻ってきた。

空いた徳利とお猪口を下げて、ローテーブルを台拭きで拭いていた佳人は、遥が再び応接室のソファに座るのを見て、ちょっと戸惑った。いつもは二人になると茶の間に場所を変えて寛ぐことが多い。

「すみません、片づけてしまいましたけど、もう少し飲みますか」

「いや。日本酒はもういい」

「じゃあ、お茶を淹れてきますね」

遥が頷いたので、佳人は台所に緑茶を淹れに行った。

いくつかある普段使いの湯呑みの中から、陶芸家の朔田が贈ってくれたものを選ぶ。前に朔田とちょっとぎくしゃくしたことがあって、自分の言動で不快な目に遭わせたお詫びだと言われ、かえって申し訳なかったと恐縮した。真面目で律儀な朔田らしい気の遣い方だ。佳人は丁寧に淹れた煎茶《せんちゃ》を、遥も気に入っているこのペアの湯呑みに注ぎ分けた。

遥はスリッパを片方脱いで脚を組み、背凭れにゆったりと背中を預けて目を閉じていた。何やら瞑想《めいそう》に耽《ふけ》っているようだ。お茶を持ってきた佳人は一瞬声を掛けていいかどうか迷った。

気配に気づいた遥が目を開けて佳人に顔を向ける。

「何か考え事ですか」

佳人は遥の前に湯気の立つ湯呑みを置き、自分も隣に腰掛けた。

「いや。べつに」

遥らしくない歯切れの悪さだ。考え事と言うほど明確な思考を巡らせていたわけではないが、気になることがあって、それに頭を占拠されていたといったところなのだろう。

お茶を一口飲んで、遥はふっと息を洩らした。

「おまえの負けん気の強さ、傍で見ていてときどきハラハラする」

佳人自身、遥の前でまたしても東原と張り合ってしまったと悔やんでいたので、何の話か問うまでもなかった。気まずさと羞恥で、じわじわと頬が火照りだす。

「すみません……。東原さんはおれをからかってわざとあんなふうに言うんだって頭ではわかっているのに、毎度毎度ムキになってしまうんですよね」

我ながら進歩がなくて自分自身に嫌気が差す。

「独占欲が強すぎるのかな、おれ」

佳人は正直に認める。今さら取り繕っても仕方がない。遥も佳人がどういう人間なのか承知しているだろう。二人きりのとき遥が見せる、穏やかで包容力に満ちたまなざしに、促されでもするかのごとく素直になれる。

「お互い様だ。俺も独占欲は強い。いつだって、おまえは俺のものだと思っている。昔同様、傲慢にな」

さらに嬉しいのは、遥もまたこうして向き合うと、意外なくらい率直に感情や気持ちを言葉にしてくれることだ。最初は全然こんなふうではなくて、あまりのとりつく島のなさに絶望を感じるほどだった。この人とは一生相容《あいい》れないのかもしれない、と本気で思ったこともある。なぜこうも冷たく、よそよそしい態度を取る人が、大金を出してまで自分をヤクザの親分から買い受けたのか理解できず、苦しかった。いっそ捨てておいてくれていたほうがましだった、と恨めしく思いもした。変われば変わるものだ。

「自分で傲慢だとか言っちゃうんですね」

「思っているんだろうが、どうせ」

拗《す》ねたようにも開き直ったようにも受け取れる遥の言い方が新鮮で、佳人は目尻を下げた。

「以前は思っていたかもしれません」

オブラートに包んで返すと、遥は口元をうっすらと緩め、自嘲《じちょう》気味に笑う。

「でも、本当に、今はそんなふうに感じることはなくなりましたよ」

遥の傲岸不遜《ごうがんふそん》さは、不器用さの発露《はつろ》だったのだろうと今では思っている。あと、わざと自分を酷薄《こくはく》に見せようとするときがあって、それも照れ隠しや、他人をなかなか懐に入れられない性格ゆえらしい。容易に人と馴《な》れ合わずにすむよう、結界を張っている感じだ。

「遥さん、実は人見知りだったりします？」

「……わからん」

遥は虚を衝かれた様子で眉根を寄せる。自分ではどうなのか本気でわかっていないようだ。

「ビジネスではそれなりに口の立つほうだと思うが、個人的な付き合いを自分から求めることはまずないからな」

「ひょっとして、おれは遥さんの中では例外の一人になるんですか」

それなら光栄だと、胸を弾ませる。東原にせよ、三代目を継いだ御曹司《おんぞうし》社長の山岡《やまおか》にせよ、遥の周りにいる友人と呼んでも差し支えなさそうな人たちは、押し出しの強いタイプが多い。押されたからといって、簡単に胸襟《きょうきん》を開くわけでもないだろうから、遥が馴れ馴れしくするのを許しているごく僅かな人たちもまた特別な存在には違いない。それを踏まえた上でもなお、遥が自ら欲して手に入れた稀《まれ》な例が自分なのだと考えると、奇跡的な出会いをしたことに胸が震える。

「例外の一人……まぁ、そうなるな」

いったんそう返事をしておいて、少し間を空けて遥はボソリと言葉を継いだ。

「今のところ例外はおまえ一人だが」

佳人は一瞬息が止まりかけ、こういうのを殺し文句と言うのだなと思った。

遥の澄まし返った綺麗な横顔を見ているうちに、参ったなと面映ゆく感じる気持ちが、次第に欲情へと変わっていく。

佳人がそんな不埒《ふらち》な気分になってきたことに遥は気づいたふうもなく、手にした湯呑みを鑑賞する目で眺め、また一口飲む。

「今回は、商売のほうには繋げられなくなって残念だったな」

遥が感慨深げに湯呑みを見ていたのには、真宮とまさにその話をするはずだった矢先に起きた事件だという思いも絡めてのことだったようだ。

「はい。そういう意味ではご縁がなくて悔しいです。まだまだこれからたくさんの作品を生み出されていたはずなのにと思うと、とてももったいなくて」

次第に疼《うず》き始めた下腹部に困りながら、佳人は平静を装い、表情を引き締める。

「おまえが気にかけている孫息子のことも心配だな」

冬彦のことは佳人がちらりと話しただけだが、一面識もない遥もまったくの他人事だとして片づけられないのか、心に引っ掛かっているようだ。

「行政ができるだけのことはするんだろうが、おまえが何もせずにはいられない心境になるのもわかる。母親が見つかっても、彼のためになるのかどうかは疑問だが、消息が知れるに越したことはないだろう。日頃は気にしていないつもりでも、地味に引きずっている場合もある」

淡々とした口調ながら、遥の言葉には重みがあり、胸に響く。

自分自身の過去を重ねているのが察せられ、佳人の心まで苦しくなってきた。

「辰雄さんに調べてくれと頼むあたりは、相変わらず怖い物知らずというか、大胆なやつだと思ったが。最良の方法なのは間違いない」

「そ、そう言われると、東原さんが遥さんを一晩渡せと求めてきたのも、まんざら非常識だと責められなかったんですかね……。無茶ぶりなのは確かだけど、タダで頼み事ができる相手じゃないことを失念していました」

「結局、何も要求せずに調べてやると辰雄さんに言わせたおまえに、ほとほと感心する」

別段遥は、嫌味などではなく、思ったままをさらっと口にしただけのようだったが、あらためて言われると己の厚かましさに気恥ずかしさを覚えた。

「遥さん以外なら、お金でもその他の見返りでも、可能な限り都合したと思うんですけど」

赤面しながら言うと、遥は佳人をひたと見据えてきて、わかりきったことを聞かされたといった表情で「ああ」と相槌を打った。

「だが、辰雄さんは元々おまえから何かを取ろうとは考えていなかっただろう。あの人の矜持《きょうじ》の問題でな」

「おれみたいな若造から取れる程度のものには端《はな》から興味がないってことですか。あなた以外」

「絡むな」

佳人が座面に膝を乗り上げる勢いで、ずいと遥に身を寄せて迫ると、遥は眉根を寄せて苦い顔をする。困ったような、ちょっとたじろいでもいるような表情で、佳人の獣性を駆り立てる。

「やっぱりおれ、人一倍負けず嫌いで独占欲が強いみたいです」

佳人はさらに遥に近づき、首に腕を回して体を密着させた。

遥も佳人の腰を抱いて引き寄せる。

「俺としては、辰雄さんがふざけて俺の名を出すうちはまだ心穏やかにしていられる。これがもし、おまえ自身をという話にでもなったら、たとえ相手が辰雄さんでも黙っていない」

遥の語調は静かで落ち着き払っているものの、顔つきと目の色が怖いほど真剣で、ざわっと鳥肌が立つ。

「そんなことには絶対になりませんよ」

佳人はきっぱりと断じ、目の前にある遥の唇を奪うように荒々しく塞いで吸った。

遥がここまで強く所有欲や独占欲を露にするのは珍しい。猛烈に熱い告白を受けた気がして、佳人はドギマギした。

同時に、そうか、東原のあの戯《ざ》れ言《ごと》はそういう歯止めをかけたものでもあるのか、とあらためて気づかされた心地でもあった。

確かに東原が佳人の名を出せば、あちらにもこちらにも角が立つ。とてもではないが冗談ではすまされなくなるだろう。遥にときどき思わせぶりな言動をする東原の真意は、佳人には底が知れなくてわかりづらいが、東原が佳人にまったくそう言う意味での関心がないことは、本人の言《げん》質《ち》を取るまでもなく明らかだ。本当のところ、今東原の心にいるのは貴史だけだと佳人は信じている。冷静になれば、何も気を揉む必要はないとわかるのだが、いざとなると頭に血が上ってしまってムキになるのが我ながら未熟だ。まだまだ精神面の鍛錬《たんれん》が足りていないと思い知る。

佳人から仕掛けたキスはあっというまに遥に主導権を握られ、舌の侵入を許していた。

濡れた舌が躍動的に佳人の口腔《こうこう》で暴れ回り、隅々まで蹂躙《じゅうりん》する。

弱みの一つである口蓋《こうがい》を舌先で擽られ、顎が震えるほど感じて喉の奥で喘いだ。

搦《から》め捕《と》られた舌を強く吸われると舌の根が痺れるようだ。

溢れた唾液も舐め啜られ、淫靡《いんび》さに脳髄がクラクラする。

濃厚なキスに酔わされつつ、胸板を押されてゆっくりとソファの座面に倒される。キスを途切れさせることなく、体を密着させたまま、しっかりと抱かれた格好で遥に覆い被さられた。

「遥さん」

湿った唇の粘膜を幾度も接合させ、舌を互いに相手の口腔に差し入れて掻き回し、唾液を舐め合う。佳人の呼びかけに「ああ」と応じる遥の声音や、洩らす息も、熱を帯びている。少し低音のしっとりとした美声を耳元で聞かされ、佳人は官能を刺激されてたまらずピクピクと身を引き攣《つ》らせた。

遥の重みをずっしりと受け、体温と心臓の鼓動を直に感じる。窮屈《きゅうくつ》なソファの上で動きを制限された状態で遥の熱と匂いに包まれていると、ただでさえ昂《たかぶ》りかけていた肉体がはしたなく反応してしまう。

シャツのボタンを外して襟を開かれ、首筋から鎖骨、さらに下方へと唇を這わされる。

肌を啄《ついば》まれるたびに、佳人の体は敏感に反応し、おののく。

「あ……っ、あ、あ……んっ」

硬く尖った乳首を指の腹で磨《す》り潰されたり、乳暈《にゅううん》ごと括《くび》り出すように摘んで揉みしだかれたりすると、全身に電気を流されたような刺激が走り、淫らな悲鳴が口を衝いて出る。自分のものとも思えない嬌声《きょうせい》が耳朶を打ち、羞恥に頬が熱くなる。

快感を受け慣れた両胸の突起は、みるみるうちに膨《ふく》らみ、赤みを増す。腫《は》れたような乳首は指でちょっと弄《いじ》られるだけでも、ひいっ、とはしたない悲鳴を上げて仰け反るほど過敏になっている。遥は決して酷いことはしないが、昔、香西の許にいたとき、弄られて肥大した乳首を糸で括られたり、鰐口クリップで挟まれるなどしてさいなまれたときの強烈な刺激を体がまだ覚えていて、思い出すだけで全身に震えが走る。苦痛ばかりでなく、脳髄を痺れさせる恍惚《こうこつ》とした感覚が強烈に淫靡で、ときにはそれで達することもあった。あんなふうにされるのはもう嫌だと思う反面、置き土産のように体に教え込まれた悦楽の記憶は、褪《あ》せるどころか抱かれるたびにぶり返し、遥の愛撫に過剰に反応してしまう。淫らな己の体が恨めしかった。

もっとかまってと誘うように勃った乳首は、尖っているなどという域を超えたいやらしさだ。指の腹で軽く撫でられただけでも肩を揺らすほど感じて、硬くなった性器から先走りを漏らしそうになる。後孔も猥《みだ》りがわしく収縮し、下腹に押しつけられている遥の立派な雄芯《おしん》で突いて欲しいとねだっているようだった。

「こんなそそる顔、俺以外には見せるな」

遥がぶっきらぼうに言う。

「見せません」

唇が微かにわななき、鈴を振ったような声になる。

「いやらしいな、ここも」

はち切れそうに凝《しこ》った乳首に湿った息がかかり、佳人はあえかな声を洩らして、ぎゅっと目を瞑《つむ》った。生理的な涙の粒が搾《しぼ》られたように目尻に浮かぶ。

「上も下も勃たせて、欲張りめ」

端正な物腰と品のある美貌をした遥に、明け透けな言葉でわざと詰《なじ》って煽られると、性感が高まって体の芯がジュンと熱くなる。

「吸ったら乳でも出そうだな」

「出るわけな……っ、あ、あぁあっ」

片方の乳首に吸いつかれ、佳人は身を捩《よじ》って乱れた声を放つ。

ちゅうっ、と音を立ててコリコリに膨らんだ乳首を吸引し、舌先で弾いて嬲《なぶ》られる。

「アアッ、だめ——あっ、んっ」

歯を立てて甘噛みされると電流に撃たれたような刺激が走り、佳人はたまらず顎を撥ね上げ、シャツを摑んで遥の背に縋《すが》った。

遥の頭に手を掛け、胸板から引き剝《は》がそうとしたが、そうして抵抗したことを罰するかのごとくきつく吸い立てられて、かえって悶《もだ》えるはめになる。

「あぁあっ！　やめて、遥さんっ。お願い、もう吸わないで」

やめて、と叫んでも本気で嫌がっているわけではなく、悦楽の処理が間に合わずに動顛《どうてん》して口走ってしまうだけだと遥も承知している。その証拠に、佳人の股間はしっかり勃起したままだ。萎《な》えるどころか、ますます硬度を増し、窮屈なズボンの中で痛いほどに張り詰めている。じわじわと下着に染みが広がっているのも湿った感触から察せられた。遥に知られたときの恥ずかしさを思うと、密かに狼狽《うろた》える。色っぽすぎる声で「この淫乱め」などと蔑《さげす》まれでもしたなら、倒錯《とうさく》的《てき》な快感を覚えて体の奥が疼きそうだ。

遥は佳人の哀願を聞かず、両の乳首を口と指で同時に弄る。

さんざん吸われてベトベトに濡れた乳首を、指で摘んで擦りながら引っ張り上げられ、佳人は「ひっ」「ひ……っ」と何度も尖った悲鳴を上げた。

下腹部に溜まった熱が出口を求めて渦巻《うずま》き、断続的に官能の源《みなもと》を突き上げ、頭のてっぺんから爪先まで淫らに痙攣《けいれん》させる。

あと僅かの刺激で達しそうになってははぐらかされ、繰り返し追い詰められる。

もどかしさに喘ぎながら、遥のシャツのボタンを外して隙間から手を入れる。綺麗に筋肉の付いた胸板を手のひらでまさぐり、撫で回す。そうやって、される一方ではなく佳人も遥の体をあちこち触り、互いに官能を高め合う。再び唇を重ねて舌を絡ませ、硬く張り詰めた股間を布地越しに擦り合わせもした。

「ふっ。このままだとキリがない」

佳人に覆い被さっていた遥が体勢を変えて身を起こす。

「さすがに連夜だとその気にならないですか」

佳人も起き上がり、乱れた髪に指を通して梳《す》き上げつつ聞いた。

「……もう、なってる」

先ほどまでさんざん猛った陰茎を押しつけ合っていたのだから、ごまかしようもない。普段よりずっと緩慢《かんまん》で気怠そうな腕の動きや、潤みを帯びた瞳にも、欲情していることが表れている。

「なってますよね」

おれもです、と佳人は蠱惑的《こわくてき》な笑みを意識して浮かべ、遥の引き結ばれた唇をあやすように一吸いしてソファを下りる。

肩まで露《あらわ》になるほど乱れていたシャツを羽織り直し、遥の脚の間に正座する。

「ここでするつもりか」

佳人がベルトに手を掛けると、遥は色香を滴《したた》らせたまなざしと声でやんわり咎めてきた。その言葉が形だけなのは佳人も承知している。「ええ」とさらっと返し、ベルトを外してズボンのファスナーを下ろす。

前立ての隙間から掴み出した陰茎は、窮屈な布地から解放されるのを待ち兼ねていたように勢いよく屹立する。ガチガチに硬くなった陰茎を握って軽く上下に扱《しご》くと、佳人の手の中で熱を孕《はら》んだ肉棒がビクビクと脈打った。

「……っ」

続けざまに薄皮をズリズリと擦り立て、亀頭やその下の括《くび》れた部分にも指を使うと、遥は唇を噛んで首を横に倒し、腹筋を小刻みに動かす。快感を耐えてやり過ごそうとしているのが如実《にょじつ》にわかり、遥のその姿に佳人は昂奮《こうふん》した。もっと遥を感じさせ、喘ぐところが見たい。肩に伏せた顔を見上げるようにして覗くと、気まずげに首を反対側に回して視線を避ける。端整な横顔が僅かに赤らんでいて、佳人はいっそう性感を高めた。きりりとした男前の顔が困惑気味に歪んでいるのがたまらなくエロティックだ。

緩急をつけて肉棒を扱きつつ、指の腹で亀頭を撫で回すうちに、先端の隘路《あいろ》からべたつく液が滲《にじ》んできた。

亀頭を口に含み、淫液を啜るようにチュウッと吸引すると、遥の腰が弾むように揺れる。声は噛み殺してしまったが、感じているのが悉《つぶさ》にわかる反応で、佳人は自分自身がされるのと同じくらい快感を覚えた。

先走りの味が口腔に広がって少し苦みを感じるが、他の誰でもない好きな男のものだと思うと甘露《かんろ》のように愛おしい。もっと味わいたくて、尖らせた舌の先を隘路に埋め、抉《えぐ》って掻き出し、舐め取った。その間も指で根元に近い部分を揉みしだき、まだ表に出してやっていない陰嚢《いんのう》をズボンの上から撫で擦る。

そのうち亀頭だけでは物足りなくなってきて、竿にも唇を滑らせ、やんわりと食《は》み、舌を閃《ひらめ》かせて積極的に口淫しだした。

「くっ……」

熱っぽい吐息と、抑えきれずに零《こぼ》れたような喘ぎ声が増えるに従い、遥の性感が高まっていくのがわかる。内股がピクピクと引き攣るように揺れ、じっとしていられなそうに腰を捻《ひね》る。

佳人は遥の陰茎を喉の奥まで迎え入れ、淫猥《いんわい》な水音を立てて竿全体を愛撫した。

舌を絡め、口を窄《すぼ》めてきつく吸引し、裏筋を尖らせた舌先で擽る。

「……っ！　ふっ……！」

遥が両脚を踏ん張って、腰をググッと持ち上げる。

「だめだ。出る」

切羽詰まった声で呻《うめ》く遥の爆発寸前まで張り詰めた陰茎を、佳人は愛情を込めて吸い立てた。

「佳人っ」

頭に両手を掛けられ、髪をぐしゃっと搔き交ぜられる。

背中を丸めて前屈みになった遥の吐く息が耳朶に吹きかけられる。熱く湿った吐息を項《うなじ》にも感じて、佳人はゾクゾクと背筋が震えた。

口の中に銜え込んだ遥の雄芯がドクンと脈打ち、喉に熱い迸《ほとばし》りを浴びせられる。

吐き出された白濁を佳人は零さず飲んだ。

遥は背凭れに後頭部まで預け、全身の力を抜いて息を弾ませている。中程までボタンを外したシャツの隙間から、胸板が呼吸に合わせて膨らんだり縮んだりする様が覗けた。うっすらと汗ばんだ肌が艶《なま》めかしい。佳人は遥の色香にあてられ、体の奥を猥りがわしく疼かせた。

一度達して柔らかくなりかけている陰茎を、再びその気にさせるよう舐めしゃぶる。

ふっ、ふ……っ、と遥が切羽詰まった様子で腹を上下させる。

「俺も……もう、そんなに若くないんだぞ……っ」

遥は途切れ途切れに言って、佳人の後頭部を弄る指にときおりグッと力を込める。

三十五で若くないと謙遜《けんそん》しながらも、遥の陰茎は佳人の口淫に応《こた》えて、みるみるうちに硬さを取り戻す。出したばかりの隘路を舌先でこじ開けて舐《ねぶ》り、括れから裏筋にかけて舌を辿らせると、血管が浮くほど張り詰める。

「今度はおれの中に挿《い》れさせてください」

遥の準備が整ったところで、佳人は立ち上がってズボンを下ろした。ボクサーブリーフと靴下も脱ぎ捨てて、下半身からいっさいの被服を取り去る。

ソファに座ったまま遥も下着ごとズボンを膝まで下げ、いきり立った股間を露にする。

「これが、そのまま挿《はい》るのか」

「きつそうですけど、たぶん、なんとか」

佳人は遥の胴を両膝で挟む格好で、膝の上に乗り上げた。

「相変わらず強がりだな」

遥は呆《あき》れたように言い、佳人の腕を取って上半身を前のめりにさせた。

「解してやるから摑まっていろ」

座面に膝をついて腰を上げ、上体を斜めにすると、遥の肩に頭を載せる形になる。

無防備に突きだささされた尻たぶを、両手で割り広げられ、窄んだ秘部を唾で濡らした指でまさぐられる。

襞《ひだ》に唾液を塗《まぶ》され、つぷっと指を穿《うが》たれて、佳人は背筋を引き攣らせた。

長い指がそのまま慎重に進められてくる。

「あ……っ、あ、あっ」

ズズッと狭い筒の内側を擦り立てられ、佳人は猥りがわしく腰を揺さぶった。

指一本を付け根まで受け入れると、いったん引きずり出されて、また穿たれる。抽挿《ちゅうそう》を繰り返されるにつれ、貫かれる器官も、出入り口の襞も異物に馴染み、柔らかく解れていく。

その間、佳人は片方の腕で遥の首に摑まり、空いた手で遥の股間の屹立を握って揉んだり擦ったりし続けた。遥も後孔で指を動かすだけでなく、佳人の乳首を嚙んだり吸ったりして、上も下もかまう。次第に上がってきた息を絡め合い、熱に浮かされた心地で唇をくっつけ合っては、舌を絡ませもした。

「もう、欲しい……これ」

淫らに絡めていた舌を、名残惜しさを感じながら離し、佳人は遥の猛った陰茎をギュッと握りしめてねだった。

「自分で挿れるか。突かれたいか。どっちだ」

「……このまま」

遥は佳人の返事を聞くと無言で頷き、二本に増やしていた指を後孔からズルリと抜き去った。

「ンンッ」

貪婪《どんらん》な穴は遥の指が抜けるのを引き留めようとするかのごとく引き締まる。

窄まりかけた肉襞をこじ開けるように陰茎の先端を押し当てられて、佳人は上擦《うわず》った声を洩らした。このまま腰を落とせば、遥の熱い肉棒が佳人の体を刺し貫き、奥までいっぱいにしてくれる。期待と、これだけの太さと長さのものを自重をかけて迎え入れる怖さが同時に湧いて、一瞬体が固まった。

そこを遥にズン、と腰を入れて突き上げられる。

「アアアッ……！」

ズプッと亀頭が襞を割って潜《もぐ》り込んできて、佳人は頭に火花が散るような衝撃を受け、乱れた悲鳴を放った。

膝が崩れ、浮かせていた腰が沈み、自ら陰茎に狭い筒を貫かせることになる。

「くうぅ……あ、あぁあっ」

繊細な内壁を剛直でしたたかに擦られ、悶えずにはいられない。

途中で止まることなくズブズブと根元まで受け入れ、遥の上に完全に腰を下ろす形で尻を密着させた。

「はああっ、お、大きい……っ」

「きついか」

「あ、ひっ……あああ！」

ゆさゆさと下から突き上げるように腰を揺すられ、強い快感が繋がった部分から湧き起こる。

「ああっ、だめ。だめ、遥さんっ。中が……！　中が擦れるっ」

少しずつ深度と角度を変えて後孔を突かれ、腹の中を掻き回される感覚に見舞われる。佳人はあられもない声を上げて身を打ち振った。抽挿のたびに苛烈な刺激に翻弄され、眩暈《めまい》がするほど感じさせられる。

だめと叫びながら、じっとしていられずに自分も淫らに腰を振ってしまう。遥の動きと合わせてさらに強い快感を引き出し、どうにかなってしまいそうな悦楽に身を任せた。

途中からなり振りかまっていられなくなり、情動のまま遥の首筋に噛みつく勢いでキスをしたり、胸板を撫で回して慎ましやかな粒を引っ掻くように弄ったりした。

奥を抉られるうちに、何度か宙に投げ出される心地になって、意識がふわりと遠のきかけた。

遥と密着させた下腹部が蕩《とろ》けそうに疼き、痺れ、深い官能に引きずり込んで溺《おぼ》れさせる。

「あっ、あっ、あ……遥さん。あっ」

抽挿が激しさを増し、頂点が近いことがわかった。

佳人の中をみっしりと埋め、猛々しく律動する遥の陰茎の硬さにおののく。

呼吸も乱れ、荒々しく息を弾ませながら、追い込みをかけてくる。

「佳人」

切迫した声で叫ぶように名前を呼ばれた直後、遥が佳人の最奥《さいおう》に放ったのがわかった。

「遥さんっ」

佳人も腰を大きく揺すって前から吐精すると同時に、遥を銜え込んだ後孔で得られた法悦《ほうえつ》でも達した。むしろ射精はついでのような感覚で、後ろの快感のほうが何倍も深かった。

荒い呼吸を繰り返しながら覚束ない手つきで遥のシャツの前を開き、汗ばんだ肌と肌とをぴったり触れ合わせて抱きつく。

遥の腕が背中に回されてきて、力強く抱擁《ほうよう》された。

セックスそのものもいいが、こうして事後に抱き締められ、髪や頬を撫でてもらうとき、佳人は最高に幸せを感じる。

「……また、がっついたな、お互い」

佳人の髪を指で弄《もてあそ》び、生え際を梳くように愛撫しながら、遥が自嘲気味に言う。

「年甲斐もなく、ですか。遥さんはまだまだ若いですよ。もちろん、おれも」

遥の指遣いにうっとりとしながら、佳人はしゃらっと返す。

ふっ、と遥が口元を綻ばせる。

「なら、そういうことにしておこう」

それから、二人で一緒に風呂に入り、背中を流し合った。

5

東原から頼まれ事をされたので、黒澤家にお邪魔していいですか、と貴史から連絡があったのは木曜日だった。

月曜日に東原に厚かましく人捜しを頼んでからまだ三日しか経っていなかったが、貴史の言う頼まれ事とは、その結果か、もしくは経過の報告以外なさそうで、さすがの早さだと佳人は舌を巻いた。とりあえずなんらかの成果は上がったのだろう。

「明日の夜でよかったら、俺も同席できる」

遥も冬彦のことには関心があるらしく、珍しく積極的に状況を把握しておきたがった。境遇が重なるところがあるので、他人事とは思えないようだ。遥が親身になってくれるのは佳人にとっても頼もしく、ありがたい。いざとなったら、遥のほうが冬彦に役に立つアドバイスができるかもしれない。

貴史は金曜日の夕方、事務所のある南阿佐ヶ谷《みなみあさがや》の商店街で買ってきたという老舗の栗饅頭《くりまんじゅう》をわざわざ手土産に用意して、黒澤家を訪れてくれた。

佳人は恐縮して受け取り、貴史を応接室に案内する。

「すみません。貴史さんにうちまで来ていただいて」

「全然かまいませんよ。外でできる話ではないですし」

貴史は感じのいい微笑みを浮かべて屈託なく言うと、誰もいない応接室を見て、ちらっと背後を振り返った。

「遥さんはまだお帰りじゃないんですか」

「ついさっき帰宅して、今二階で着替えている最中だと思います。じきに下りてきますよ」

佳人がそう言った端から階段を下りてくる足音が聞こえ、和服をさらっと着こなした遥が応接室に顔を見せた。

「わぁ」

貴史が思わず口を衝いて出たような声を上げる。着流し姿の遥が珍しく、その静かだが威厳のある佇まいに感嘆したようだ。

恥ずかしながら、遥の和装自体はしばしば見ている佳人も、声に出しこそしなかったが、貴史と同じくらい驚いて見惚れてしまった。特別なことがなくても普段着に着物を纏うのは承知していたものの、今回は完全な不意打ちを食らった気分だ。

「着物すごくお似合いです。あ、すみません、つい。ご挨拶《あいさつ》が遅れました。お邪魔しています」

「いや。わざわざ来てもらって悪かったな、執行《しぎょう》」

遥は貴史にソファを勧め、自分も浅く腰を下ろすと、背筋をピンと伸ばしたまま両袖の袂《たもと》に手を入れて腕を組む。和装のときは特に気を張り詰めさせた印象が強くなるのだが、一つには、こんなふうに姿勢を崩さないからというのもある。和服を着ると身が引き締まる、と遥自身も言っていた。

「今日は業務が重なっていて、せっかく来てもらったのに何の準備もできなかった。悪いな」

「とんでもありません。またいつか機会がありましたら、僕にもぜひ遥さんの打った蕎麦、ご相伴《しょうばん》に与《あずか》らせてください」

「お安いご用だ」

貴史は東原から先日ここに来たときの話を事細かく聞いているらしい。佳人が頼み事をしたことはもちろん、手打ち蕎麦を食べたことも承知しているようだ。佳人からすれば、東原は腹に常に一物《いちもつ》ありそうな、一筋縄ではいかない男の印象が強いが、貴史には恋人らしい側面も見せているようでホッとする。東原との関係性では、貴史はずっと悩み、つらい思いをしてきたのを知っているだけに、仲睦まじさを想像させる話がチラリとでも出ると、佳人も自分のことのように嬉しい。

「夕飯はまだだろう。寿司でも取るか。釜飯やうな重も持ってきてくれるが、何がいい？」

「あ、では、お寿司で」

「注文しておきます」

貴史が遠慮せずにサクッと決めてくれたので、佳人は台所でお茶を淹れる合間に、近所で店を

やっているお寿司屋さんに電話して、握りを三人前頼んだ。昨今は出前を取るときにもインターネットの専門サイトを利用する機会が増えたが、お寿司だけは顔馴染みの店から取ることにしている。いつまで配達できるかわからない、が口癖の、頑固な職人気質の店主が息子二人と切り盛りしている小さな店で、味と腕前は確かだ。電話しながら、頑固さのタイプは違えど真宮と通ずるところがある気がして、感慨深い気持ちになった。

応接室の遥と貴史は、佳人がお茶を淹れてくるまで本題には入らずにいてくれた。佳人がいない間は、紅葉の綺麗な場所の話をしていたようだ。

佳人が遥の隣に腰を落ち着けるのを待って、貴史は居ずまいを正して口を開いた。

「まず、東原さんから、最近またいろいろと立て込んできて動きづらくなってきたので、直接会いに行けなくて悪い、と謝ってくれと言われました」

「そんなこと、謝っていただかなくていいですよ」

佳人はかえって恐縮してしまう。こちらが無理に頼んだことなのに、こういうところ東原は律儀で義理堅い。傲岸不遜《ごうがんふそん》な姿しか知らない者は、あの男がそんな殊勝《しゅしょう》なことを言うわけがないと信じがたく思うだろう。

「結構細かいことに気を回すみたいです」

貴史も佳人の気持ちがわかるのか、そんなこと言われたら申し訳ない気持ちになりますよね、と同意するまなざしを向けてきて、ふんわりと微笑む。

「それにしても早かったですね」

「どうやって調べたのかまでは僕も知らないんですが、今回はあまりいいご報告はできない結果に終わったので、特に早かったようです」

その言葉で佳人は真宮の娘がもうこの世にいないのだと察し、複雑な心境になった。

正直、一面識もない、まったく知らない人だ。亡くなっていたと聞いても、真宮芳美その人に対しては、申し訳ないが具体的な感情は湧かない。平穏とは言い難い人生だったのだろうなと気の毒に思うが、真宮源二が殺害されたときほどの衝撃は受けなかった。

「順を追ってお話ししますね」

貴史は書類鞄《かばん》の中からファイルを一冊取り出すと、ローテーブルの上で開いた。

遥も心持ち膝を乗り出してファイルを見る。

ファイルの最初には、クリアポケットに入れられた芳美と思しき若い女性の写真が収められている。口元と鼻の形が冬彦と似ていると一目見て思った。なかなかの美人だが、化粧が濃くて髪型も華やかなので、少々けばけばしい印象を受ける。写っているのは芳美だけだが、背景は『伯仲』の店内だ。カウンター内の様子が今とほとんど変わっていないので、すぐにわかった。おそらく当時店に通っていた客が写した写真なのだろう。

「これは芳美さんが十九になりたての頃撮られたものだそうです。真宮源二さんが店を始めたのは彼女が十八のとき。組長の病死で笠嶋組が解散したのが十七年前なので、一年後にはオープンさせているんですね。おそらく前々から、そのようなことになると見越して開店準備を進めていたんでしょう」

「父親がカタギになって、芳美さんとしては喜んだんでしょうか。周囲から心ないことを言われることもあったんですかね……。高校は中退したそうですが、その当時は素行が荒れていたような話もちらっと聞きました」

「高校は一年も行かずにやめています」

貴史がファイルの資料を確かめて言ったとき、それまで黙って聞いているだけだった遥の頬がピクッ、と僅かに引き攣った。きっと弟のことを思い出したのだろう。遥の弟も高一の途中から学校に行かなくなり、不良仲間と連日遊び歩いていたと言う。芳美の話を聞いて否応もなく重ねずにはいられなかったに違いない。

遥の前で無神経な発言をしてしまったかと佳人は悔やみかけたが、まるでそう思ったのがわかったかのごとく遥がこちらを見て、よけいな気を回すなと言わんばかりに鋭い目つきをした。弟の茂樹《しげき》の件は、今は関係ない――遥自身、己にそう言い聞かせているようだった。佳人は素直に頷いた。

「中学の頃から素行には問題があったようですね。父親の職業も原因の一つだったと思います。やっぱり色眼鏡で見られたでしょうし、本人も勝ち気で性格がきつかったらしいので、友人らしい友人はいなかった模様です。母親は早くに亡くなっていて、父親とはソリが合わなかった。しよっちゅう喧嘩《けんか》しては家を飛び出していたそうです」

「父親がヤクザをやめて『伯仲』を始めてからは、店の手伝いもしていたようですけど」

「ええ。生活環境が変わってしばらくは親子関係も少し持ち直したみたいです。最初の一年くらいは結構張り切って店員として働いていたそうです。でも、妊娠が発覚してからは、かなり揉めたようですよ」

「父親が誰なのかは真宮さんも知らなかったんでしょうか」

「たぶん」

貴史は遠慮がちに答える。せめて父親が誰かわかれば、まだいい報告ができたのに、と己の力不足であるかのように残念がってくれているのが察せられる。

「東原さんも手を尽くして調べさせたようですが、はっきりさせられませんでした。よほど明かせない事情のある相手だったのか、芳美さんは頑《がん》として口を割らなかったみたいです。真宮さんに殴られても言わなかったそうなので、知っているのは当人たちだけなんだろうと思います」

「憶測でこの方じゃないかと言われている人はいたようですね」

佳人が、『伯仲』で隣にいた客同士の会話に、はしたなく聞き耳を立てて知った話を振ってみると、貴史はそれも把握している様子で頷いた。貴史自身、調書を隅々まで読み込んだ上で来たのだとわかる。単なる遣いで届けに来たのではないのだ。もしかすると、調書にして纏めたのも貴史かもしれない。

「可能性のありそうな方は、当時何人もいたようです。一人一人当たっていけば突きとめられるかもしれませんが、ほぼ全員既婚者で、今さら認めさせるのは難しい環境だったり、事情があったりする方ばかりなので、厳しいでしょうね」

「いずれにせよ、今までずっといないものだと思っていた父親が突如出てきたところで、その子供が受け入れられるかどうかわからんだろう。聞けば簡単に心を開く子ではなさそうだしな」

遥が重々しげに口を開く。いろいろと思うところはあるようだが、実際に関係者の誰とも会っておらず、話を聞いただけであれこれ言うのは控えるつもりでいる節があったが、これだけは言わずにいられなかったらしい。血の繋がりが必ずしも情を生むわけではないことを、身をもって知っている遥の言葉は、佳人の胸にずしりと響いた。遥の弁はもっともだ。

「そうですよね。……そういう意味では、十年前に家を出たきり一度も連絡してこなかった芳美さんに対しても同じことが言えますね」

「最初からいないことになっていた父親はともかく、母親を捜すこと自体は必要だったと俺も思う。生きているのか死んでいるのかわからないのでは、気の持ち様が違ってきそうだからな」

佳人の言い方が自嘲のように聞こえたのか、遥は心持ち表情を和《やわ》らげ、言葉を足した。

「この結果を子供に話すつもりはないんだろう。俺が言う気の持ち様というのは、おまえや、俺たちみたいな、周囲のことだ」

「はい。そうです」

遥に自分の考えや気持ちを理解してもらっていたことに、佳人は安堵《あんど》して声を弾ませた。貴史も二人の遣り取りを聞いて目を細めている。

ちょうどそこで、寿司の出前が届いたと思しき来客を報《しら》せるチャイムが鳴り、立ち上がりかけた佳人を制して遥が応対に出た。

「相変わらずお二人はとてもいい関係ですね」

遥が席を外すとすぐ貴史にしみじみと言われ、佳人は照れくさくなりながらも「ええ、まぁ」と素直に受けとめた。

「貴史さんだって、東原さんとすごくいい感じに見えますよ」

佳人もまた思ったままを言う。

「そ、そうですか……。そういうのは、雰囲気に出ますか」

よもや自分にそっくり返されるとは予想していなかったらしく、貴史のほうが不意を衝かれた感じでぎこちなくなった。東原との関係を突っ込まれると、普段は冷静沈着で理性的な貴史が、あっというまに動揺するのが微笑ましい。

「今回の一件も、東原さんが貴史さんに託して、貴史さんはそれを真摯《しんし》に受けとめて報告内容を完全に理解した上でうちに来てくれて。さっきから、信頼し合った、対等な関係なんだな、素敵だなと思っていたんですよ」

「そんなふうに見てもらえるのは、すごく嬉しいです」

貴史は、はにかみながらも否定や謙遜はしなかった。嬉しいと率直に言うのが清々しい。

「まさかと思いますけど、この調査、貴史さんがしたわけじゃないですよね？」

半分冗談、半分本気で佳人は貴史に聞いてみた。そうであっても驚きはしないな、と思いつつ、そんなはずがないことは承知していた。

「いえ、さすがにこれは僕には無理です」

案の定、貴史は笑って否定する。

「ですが、報告書を読むうちに、昔バイトで探偵事務所の仕事を手伝っていたときは、身上調査もよくしていたなと思い出しました」

「貴史さんは、弁護士だけやらせておくのはもったいないかもです」

これもまた半分本気で日頃から佳人が思っていることだった。貴史本人には失礼になりそうで言えないが、気軽に何でも相談できる町の弁護士さんではない貴史も、見られるものなら見たい気がする。曖昧で漠然《ばくぜん》とした、業界の事情をよく知らない門外漢《もんがいかん》の勝手な希望だ。

佳人の言葉をどんな気持ちで聞いたのか、貴史は何も返してこずに視線を床に落とす。

そこに遥が出前の寿司桶を持って入ってきた。

豪勢な特上の握りがずらりと並んでいる。

「美味しそうですね」

寿司が来たのを機に、貴史も気を取り直したらしく、快活な声を出した。

お茶を淹れ直し、寿司を食べながら報告の続きを聞く。

「芳美さんが妊娠したのは十九の時で、お腹が大きくなってからは店の手伝いもしなくなったそうです。真宮さんとの関係も悪化する一方で、たぶんこの頃から家にいるのがきつくなっていたのかもしれないですね。とはいえ、子供は産むと決めて譲《ゆず》らなかったので、すぐに家を出るわけにもいかない。相手の男性は頼れず、本人には貯金はいっさいなかったようなので」

「遊び癖があって服装も派手だったと、常連みたいな人たちが言ってました」

「ええ。その傾向が、冬彦くんを産んである程度子育てが落ち着いてから、また出たみたいですね。育児放棄すれすれで、一度児童相談所から指導を受けています」

貴史は私見や私情を交えず淡々と語る。

遥はほとんど相槌も打たないが、しっかりと耳を傾けていることは気配でわかった。元々こういうとき積極的に口を挟むほうではない。

「産むまでは反対していた真宮さんも、いざ初孫の顔を見たらやはり情が湧いたみたいです。芳美さんとは相変わらず喧嘩が絶えなかったようですが、孫にはお祖父さんらしい顔を見せていたそうですよ。芳美さんとしては、それも不愉快だったのかもしれません」

「自分にはきつく当たるのに孫には甘い、みたいな不服があったんですかね」

まったく理解できなくはないが、だからといって、子供を置いて、昼も夜も関係なしに遊び歩くのは親として無責任だろう。息抜き程度ならばともかく、毎日毎晩というのはどうかと思う。

「真宮さんもだいぶ厳しく叱りつけていたようですが、ある日突然、芳美さんは家を出て消息を絶ってしまいます」

いよいよ肝心な部分に話が入る。

遥も気を引き締め直したようだ。

「冬彦くんが四つになる直前ですね。誕生日の二日前だったそうです。駅で男と一緒にいるのを見かけた、と言っている人がいて、その方によると、二人は浜松町《はままつちょう》から山手線《やまのてせん》の内回り電車に乗ったようです。東京、秋葉原《あきはばら》、上野《うえの》、いずれもターミナル駅で、どこで降りたにせよ、その後の足取りを追うのは大変です。真宮さんは相当頑固な方なので、出ていくなら勝手に出ていけってんだ、とか突っ張っていたそうで、捜さなかったらしいのですが」

「さすがに辰雄さんでもその先を摑むのは苦労したんじゃないのか」

遥が再び口を挟む。

やはり、ここから先は関心が強いようだ。

「十年も前の話ですから大変だったと思います。僕も、どうやって調べたのか聞かせてもらってないので、想像もつかないんですが」

「結局、駆け落ちみたいなものだったのか」

遥の口調に僅かながら苦いものが混ざったように感じるのは、佳人の気のせいではないだろう。

遥自身の母親が、まさにそうして遥と弟を置き去りにしたのだ。

「このとき一緒だった相手がまた曰《いわ》く付きの男で、借金取りから逃げないとかなりまずい事態に追い込まれていて、取るものも取りあえず東京を離れたようです。キャバクラの客引きをしていた三十代の男でした。その男にはすぐに辿り着けたのですが、そこから先が少々時間を要したみたいです」

芳美は借金取りがヤクザだと知って、男に同情したらしい。父親がそうだったので、ヤクザの恐ろしさを骨の髄まで知っており、好きな男が酷い目に遭わされるのを黙って見ていられなかったのだろう。情の濃い、惚れっぽい女性だったと言う。ろくでなしばかり好きになる、と真宮によく怒鳴られていたそうだが、言われれば言われるほど頑《かたく》なになり、反抗的になったようだ。

「キャバクラの客引きをしていた男とは、半年ほど秋田で暮らしたそうですが、やはり田舎暮らしは性に合わなかったらしく、一人で何度も東京に出ては数日帰らないことが増えだして、とうとう出掛けたきり戻ってこなかったそうです。荷物も手つかずで、残したまま、突然男の前から消えてしまった」

「それは、何かの事件に巻き込まれたとかではなく……？」

「僕も最初はそう思いましたが、どうやら、東京でまた新しい男を見つけたらしく、今度はその男の部屋に住み始めたことがわかりました」

芳美は相当奔放《ほんぽう》で移り気な女性だったようだ。

似たパターンで、それから五年の間に三度、相手を変えていた。

「秋田、東京、横浜《よこはま》、愛媛。最後は松山《まつやま》の病院でした」

「病院？」

佳人が首を傾げたのと同時に、遥はフッと息を洩らした。

「ええ。愛媛に移住したとき一緒だった男性とは結婚していました。姓が変わっていたので調べるのにちょっと手間取ったみたいですが、本人に間違いないと確認も取れています。置田芳美《おきたよしみ》、二十九歳。松山の病院に癌で入院して半年後に亡くなっていました。極めて進行の速い癌に罹《かか》っていたようです」

「……そうでしたか」

最初に、もう生きてはいないのだろうと匂わせた発言を聞いていたので意外さはなかったものの、はっきりと言葉にされると、全然知らない人でもしんみりとする。

遥も貴史も似た気持ちなのか、表情には悲しみや同情といったものは窺えないが、何も感じていないわけではないような硬さがあった。

「お役に立てたのか、立てなかったのか、僕にはわかりませんが、これでこの件は手放してかまいませんか」

「はい。もちろんです。ここまで調べていただいたら、どうやってお返しすればいいかわからないくらい感謝しています。ありがとうございました、と東原さんに伝えてもらえますか」

「執行、俺からも礼を言う。おまえにも世話を掛けたな」

「とんでもありません。お二人にお会いする機会があるのは、どんな用件でも嬉しいので、むしろ僕としては役得でした」

貴史はファイルを鞄に仕舞《しま》いつつ表情を晴れさせて言う。

「そんな。いつでも会いに来てくださいよ。もっと会いたいのはおれや遥さんも同様ですよ」

ね、と佳人は遥に同意を求める。

「ああ」

遥の返事は相も変わらずその一言だったが、貴史に向けた顔つきやまなざしが、言葉以上に雄弁に親しみを感じさせていて、遥は多くを語る必要はないのだとあらためて思った。

寿司桶を三人で空にしたあと、コーヒーを一杯飲んで貴史は帰っていった。

「遥さん。おれ、近いうちにまた冬彦くんに会ってこようと思うんですが」

母親の話をするつもりはなく、ただ、どうしているのか気になるので、冬彦が会ってくれるなら会いたい。それだけだ。

「ああ」

遥にも佳人の想いは伝わったのか、反対することなく、落ち着き払った声音で背中を押してくれた。

＊

貴史が東原の代わりに冬彦の母親に関する調査結果を知らせに来てくれたその夜、佳人は冬彦にメールを送った。アドレスを交換してから初めてのメールだ。あまり馴れ馴れしくしすぎると印象が悪くなるのではないか、嫌がられるのではないかと遠慮が先に立ち、世間話のような無意味なメールを送るのは避けていた。冬彦のような感情を内に秘めて溜め込むタイプと思しき人との付き合いには、慎重にならざるを得ない。せっかく開きかけてくれた門扉をぴしゃりと閉じられたら、もう一度開けてもらうのは至難《しなん》の業《わざ》だという気がする。

返信があるかどうかも怪しんでいたが、送信して三十分ほど経った頃、返事が来た。佳人の感覚では意外なくらい早い返信で、正直驚いた。明日までに返事があれば嬉しいくらいに思っていたので、どんな内容なのか開くまでドキドキした。佳人は遥の許に来るまで携帯電話を持ったことがなく、中学生くらいの子供がどの程度携帯電話を使うのかさっぱりわからない。時代も違う。少なくとも佳人が中学生のときは、携帯電話を持っている子は周りにいなかった。

『こんばんは、佳人です。冬彦くん、元気にしていますか。明後日の日曜日、またそっちに行く用事ができたので、時間があるならちょっと会えないかと思ってメールしました。たいした用事ではなく、すぐ済むので、時間は冬彦くんの都合に合わせます。ダメならもちろんダメでかまいません。手が空いたときに返事だけもらえたら嬉しいです』

佳人の送った文面はこうだ。

用事があるというのは口実で、本当は何もない。冬彦に会いたいだけなのだが、ストレートにそう言うと身構えて気易く応じてくれないのではないかと思い、ついでを装うことにした。ただ会いたいの一言で誘える関係になるには、もっと時間が必要だろう。冬彦の信頼を得るには、少しずつ交流を深め、自分という人間を知ってもらうしかない気がする。

断られる確率のほうが高いだろうと予想して、あまり期待せずに冬彦からのメールを開く。

『こんばんは。日曜日、午後からでよければ会えます。一時くらいに芝公園でいいですか。浜松町駅に近い入り口の近くにペルリ提督という人の胸像があります。そこで待ってます』

一読して、佳人は嬉しさに頬を緩めた。

すぐにまた返事を送る。

『了解です。日曜日の午後一時にペルリ提督像の前で。会えるのを楽しみにしています』

時間も場所も冬彦がさくっと決めてくれて、手間が省けた。遠慮がちで控えめな性格なのかと思いきや、決断力があってリーダーシップも取れそうな押し出しの強いところも見せる。親しくなればなるほど印象が変わっていきそうで興味深い。

そのうち遥にも引き合わせたいと思う。会えばお互いどんなふうに相手と対するのか、想像するだけで楽しかった。遥のような、慣れるまでは扱いにくく、年中しかつめらしい顔をした無愛想な男にも、冬彦は怯《ひる》まず飄然《ひょうぜん》としているのではないか。そんな予感がする。そんな冬彦に遥がどんな態度を取るのか、ぜひ見てみたい。

約束した日時に提督像の前に行くと、冬彦は先に来ていた。

佳人は芝公園は初めてだったので、余裕をみて七、八分前に着くようにしたのだが、それよりさらに冬彦のほうが早いとは予想しておらず、像の傍に佇む姿を見つけたときには軽く驚いた。てっきり自分のほうが先だと思い込んでいたのだが、さっそくしてやられた気分だ。隙がないというのか、なんでもきちんとしている印象がある。

それは服装からも感じられることで、いつ会ってもこざっぱりとした、清潔感がある格好をしている。今日は、ジーンズにスニーカー、フード付きのセーターの上にピーコートを重ねた出《い》で立ちだ。一つ一つのアイテムは別段高価な物ではなく、量販店で普通に売られている品のようだが、カラーやデザインのチョイスにセンスが窺え、こんなところにも冬彦のそつのなさが表れているように思えた。一人でなんでもできる、しっかりした優等生——だが、ちゃんと子供らしい一面も持っていることを、先日ハンバーガー店で喋ってみて佳人は知っている。

「早かったんだね」

「お待たせしてはいけないと思って」

冬彦は向かいに立った佳人の全身にさりげなく視線を走らせ、気恥ずかしげに目を伏せた。頬のあたりが微かに上気しているようにも見えた。まだ少し緊張するのか、細身のジーンズを穿《は》いた太腿を意味もなく手で撫で擦る。なんだか落ち着かなそうだ。こういうしぐさは子供っぽい。

「えっと……今日は、時間を割《さ》いてくれてありがとう。メールの返事、すごく嬉しかった」

佳人は冬彦の硬さを取ってやりたくて気さくな調子で話しかけた。

「いえ。どうせ暇だったので」

「せっかくだから、公園の中、歩こうか」

「はい」

「だいぶ寒くなってきたけど、今日はすごく綺麗な秋晴れで、天気がよくて気持ちがいいね」

「はい」

東京タワーの足下に近いところに人工の渓谷《けいこく》が造られており、ちょうど紅葉が見頃を迎えているそうだ。事前に公園に何があるのか調べていて知った。シーズン真っ盛りの日曜なのできっと混雑しているに違いないが、「行ってみようか」と誘うと、冬彦は「はい」とまた短く答えた。「はい」以外の言葉をなかなか喋ってくれないのが残念だが、焦らないことにした。遥のぶっきらぼうな「ああ」と同じくらい感情は籠《こ》もっている。

並んで歩きながら、何から話そうかと考えて少し黙っていたら、冬彦のほうからポツリと口を利いてきた。

「今日は、ジーンズなんですね」

言おうか言うまいか迷ったような、はにかんだ様子に、佳人は「うん」と親しみを込めた笑顔で答えた。

「仕事のないときは、いつもだいたいこんな格好なんだ。おれは会社勤めじゃないから、仕事先を訪ねるにしても、かっちりしたビジネスーツを着る機会はあまり多くないんだけど」

「お仕事、陶器のお店をやってるんですか」

どうやら冬彦は佳人がどういう人間なのか興味が出てきたらしい。佳人にしてみれば喜ばしい限りだ。聞きたいことがあれば、できるだけ答えるので、どんどん聞いてほしいと思う。

「実店舗は持たずに、インターネットに仮想店舗を開いてる。去年の九月末のオープンだったから、まだ開店して一年ちょっとなんだけど」

「自分で陶芸もするんですか」

「ううん。おれはそういうのはからっきし。一度知り合いの工房で陶芸体験教室に参加させてもらったことがあるんだけど、陶芸家の先生に『きみ、作るほうのセンスは壊滅的《かいめってき》だね』って溜息を吐かれたよ。あ、『伯仲』にも何度か来たことのある名嘉さんって人なんだけど」

「名嘉さん……たぶん、知っていると思います」

冬彦は佳人が己の不器用さを暴露《ばくろ》しても、特に表情を変えずに淡々と受け答える。声を上げて笑わせるのは、なかなかに難しそうだ。映画などを一緒に観に行けば、少しは泣いたり笑ったりして感情を動かすところが見られるだろうか。次に機会があれば候補の一つにしようと頭の隅に置いておく。

「陶芸の販売を仕事にする前は、今同居している男の人の会社に勤めていて、普通にサラリーマンしていたよ。その頃はスーツ着てネクタイ締めて、って感じだった」

「同居されてる方とは学校が一緒だったとかですか」

「違うよ。おれより五つ上だし。三年くらい前に、縁あって彼の家にお世話になることになったんだ。最初は住み込みの家政婦さんみたいな感じで」

遥のことを話すとき、佳人は、中学生の子供にどこまで言っていいものか悩んだ。男同士で恋人関係にあると知られたときの反応が予測できず、引かれないためには、ただの友達だと思わせておいたほうが無難《ぶなん》な気もする。その一方、大人びた子なので、世の中にはそういうカップルもいるのだと理解してくれそうな感じもあり、知られてもかまわない気もしていた。

「もしかして、佳人さんも、その、結構複雑な事情があるほう、ですか」

冬彦が遠慮がちに、相当躊躇《ちゅうちょ》した挙げ句といったふうに聞いてくる。聞いていいのかどうか、言葉にしながらまだ考えているような慎重さが窺えた。

「うん。きっと、きみが想像するより複雑だと思うよ。普通に暮らしていたら経験しないことがいっぱいあったから、想像できる人のほうが少ないと思う」

「……そうなんですか」

それがいったいどういうことだったのか、冬彦の引き締まった横顔には、知りたいけれど聞いてはいけないと決意したような硬さがあった。佳人から話さない限り立ち入ってはいけないと弁えている。そんな表情だ。非常に礼儀正しくて、他人の気持ちに配慮できる優しく聡明な子だと感心する。冬彦を知れば知るほど佳人は好感を膨らませていった。

今は話せないが、これから先も冬彦とこんなふうにして会う機会があるならば、そして、もっと打ち解け合えてなんでも話せる関係になっているなら、そのとき話そうと佳人は心に決めた。そんな日が来るかどうかわからないが、冬彦には言ってもいい気持ちがすでに芽生えている。

今日を最後に冬彦との縁が切れるなど、むしろ佳人にはそっちのほうが想像しがたい。

この子供は明日にもどこか遠くの親戚に引き取られていくかもしれない。そういう親類がいるのかどうかまで東原に調べてくれとは、厚かましすぎてとても頼めなかったので知らないが、可能性はゼロではないだろう。もしくは養護施設に入ることになるか。さすがに今いる同級生の家にずっといるわけにはいかないのではないかと思う。そうなると、こうして会って喋る機会は当分訪れそうにない。それでも佳人は、今日限りにはしたくないという気持ちが強かった。

「いろいろあったけど、案外なんとかなるものだよ」

佳人は自分自身が経験から得た楽観的な考え方を、気持ちを強く込めて冬彦に贈った。

冬彦が俯《うつむ》きがちにしていた顔を上げ、首を曲げて佳人を見る。

女性からはほとんどの場合こうして見上げられるが、男同士だと、同じくらいか、佳人のほうが低いことが多い。しかし、これも次に会うときは逆転しているかもしれないな、などと考えて、そうなったときの悔しさを早くも想像してしまった。

「なんか、すごく残念です……」

いきなり冬彦の口から残念という言葉が出てきて、佳人は心臓を射貫《いぬ》かれたような心地になり、動揺した。何か冬彦を失望させるような発言をしただろうか。無意識に傷つけるような言葉があったのか。自分ではまったくそんなつもりはなかったので困惑する。

やはり自分には子供の相手は無理なのか、と消沈《しょうちん》しかけたところに、冬彦が予想外の発言を落とし、佳人に息を呑ませた。

「もっと早く佳人さんに会いたかった」

ポツリと短く洩らされた言葉は、端的《たんてき》で、意味を取り違えようがない。

「えっ……あ、あの……、冬彦くん」

がっかりさせたわけではないとわかっただけでも安堵したと思うが、冬彦はそれ以上に佳人を歓喜の渦に巻き込んだ。嬉しかった。こんなふうに言われたら参るしかない。

「ああ、よかった」

佳人もぽろりと本音を洩らす。

遥や東原にはもちろん、貴史にでさえ、ここまでいっさいのガードを外した言動はそうめったにすることがないのに、冬彦の前でだけは何も飾っていない己を出せる。一回り以上年下だが感覚的には対等で、意地を張る必要もないところが、素直な自分を晒《さら》せるゆえんだろう。冬彦を子供扱いするつもりなら、それはそれでべつの意味の格好の付け方をする気がする。

「おれ、一人っ子で弟も妹もいなかったし、年下の人と本当に縁がなくて、あんまり慣れていないんだ。だから知らず知らず冬彦くんに嫌がられることをしていたらどうしようと、今めちゃくちゃ緊張した」

「すみません。僕あまり喋るの得意じゃないんで」

同級生からもときどき誤解される、と冬彦は恥ずかしそうに白状した。

「気心が知れた仲になれれば、なんでも言い合えて遠慮もしないんですが、基本、人見知りするので……。でも、佳人さんにははじめから打ち解けたほうです。……いちおう、これでも打ち解けています。佳人さんは話しやすいです。とても」

「うん。嬉しい。すごく嬉しい。ありがとう」

少しずつ、少しずつ、口が滑らかになっていく冬彦が、佳人はどんどんどんどん可愛くなる。

話すのに意識を集中しすぎていたので、八号地と称される公園をちらっと歩いたあと、日比谷《ひびや》通りを渡って、お寺とホテルの敷地の間を通るなんということはない道路を歩き続けていた。地図上はこれがもみじ谷への最短ルートには違いないが、どうせなら少し遠回りになっても区画ごとに整備された公園の中を歩けばよかったと遅ればせながら気がつく。冬彦にもちらっとそう言ったが、冬彦はべつにそこはどうでもよさそうで、相槌くらいの軽さで口にした「はい」の返事からそれが察せられた。景色よりも佳人と話すことを楽しんでくれているようだ。佳人としては光栄だった。

「木曜日は学校に行ったの？」

この間会ったとき、行けたら行くと話してくれたことを思い出し、佳人は冬彦に聞いてみた。

事件のことには極力触れないでおこうと思うが、今後の身の振り方が決まったのかどうかは気になるので、今どんな状況なのかは知りたかった。

「行きました」

冬彦は屈託なく答える。

気持ちの整理はもうついているように見えた。だが、無理をしているかもしれないので、冬彦の落ち着きを過信しすぎてはいけないと己に言い聞かす。

「皆、心配してくれて、かえって申し訳ない気持ちになりました。腫れ物に触る感じというか」

「友達多いみたいだね」

「本当に仲がいいのは二、三人ですよ。でも、それ以外の子たちとも、普通に仲はいいです」

「特に仲がいいのが、今いる家の子？」

「はい。牟田口《むたぐち》って言います。彼とは小学校からずっとくされ縁で。昔はめちゃくちゃ仲悪くて、殴り合いの喧嘩とかもしたんですけど。いつのまにか一番の親友になっていました。中学からは部活も一緒です」

「何をしているの？　スポーツ系？」

「剣道です」

佳人の頭に紺地の剣道着を着て竹刀《しない》を握る冬彦の姿が浮かぶ。

思わず「かっこいい」と声にしてしまってから、冬彦に「え？」と戸惑ったように横目で見られ、面映ゆさに赤面した。

「そ、想像しただけで、かっこよさそうだなと」

「僕は中学に入って始めたので、たいした腕前じゃないけど、牟田口は小学校の時から隣町にある道場に通っているので強いですよ」

「続けていれば、きみも強くなりそうだよ。体幹しっかりしてるの、歩き方見ていたらわかるし。運動神経も悪くなさそうだよね」

「そうですね。続けたい気持ちはあります」

冬彦は微妙な返事の仕方をする。

先のことが見えなくなったので、気易く口にできないのかもしれない。

ずっと胸底でもやもやさせている感情が、佳人の中で強まっていく。冬彦の力になりたい。できるだけ何も諦めずにすむような環境にしてあげられないものか。自分でなくてもいいので、誰か、と祈る気持ちだ。こんなとき己の無力さが身に沁みる。それと同時に、赤の他人である自分にもできることはないのか、本腰を入れて調べてみようという気持ちが湧いてきた。

「学校、変わるかもしれないです」

冬彦は少しだけ寂しそうに声のトーンを落として言った。

ツキッと佳人の胸が痛む。

「学区内の児童養護施設に今空きがないそうで、他を当たってもらっているんですが、たぶん中学校は変わることになると言われました。僕は祖父以外に親戚もいませんし」

「牟田口くん、きみがいなくなると寂しいだろうね」

「……このまま自分の家にいればいいって言ってくれるんですが、そういうわけにはいかないので。おじさんもおばさんもすごく親切で、よくしてくださるけど、だからこそこれ以上迷惑はかけられません。今だけの話じゃなく、僕が大人になって独り立ちできるまでの話ですから」

「冬彦くん」

きみは、どうしてそんなにしっかりしているんだ――喉元まで出かけた言葉を佳人は呑み込んだ。冬彦の凛然《りんぜん》とした顔つきを見ただけで、涙腺が緩みそうになる。

十四歳のとき、自分はもっとずっと子供っぽかった気がする。あのとき父親の会社が倒産していたら、不安に押し潰されて震えるだけで、人生真っ暗だと絶望するしかなかっただろう。どうにかしなければ、と意地を張り通せるほどの気概も矜持《きょうじ》もまだ持ち合わせていなかった。

この子はやっぱり、おれより遥さんに魂《たましい》が近いな、と思った。精神構造が遥寄りな気がする。

佳人はすっと息を吸い込み、冬彦の背中をポンと軽く手のひらで叩いた。

「理性的だよね。まったくそのとおりだとおれも思うよ」

冬彦は照れくさそうに佳人を見て、「理性的、かどうかは……」と消え入りそうな声で言いかけてやめ、いきなり耳朶まで赤くする。

結構恥ずかしがり屋なんだな、と佳人は微笑ましく感じた。

「いつ頃まで牟田口くんの家にいることになりそう？」

「まだはっきりしないんですけど、週明けにまた児童相談所の担当の方から連絡があることになっているので、そこでわかると思います。長くて来週いっぱいじゃないかと」

「そうか。でも、都内なら会おうと思えばいつでも会えるね。きみがおれとまた会ってくれるなら、だけど」

「はい。僕も、またお会いしたいです」

いささかも迷うことなく言ってくれて、佳人は胸が弾む心地だった。

少なくとも冬彦を見守ることはできそうだ。十八になるまであと四年。遠くからでも成長を見ていたい。どんな男になるのか、とても楽しみだ。

「今度会うときは、よかったらうちに来てみない？　おれが真宮さんの事件に絡んだ関係で、同居している人も冬彦くんのことを知っているんだ。彼もまたいろいろあった人だから、おれよりよほど参考になる話が聞けるんじゃないかな。最初は取っつきにくくて怖く感じるかもしれないけど、お祖父さんと比べたら可愛いものだと思うよ」

「同居人の方は、名前はなんとおっしゃるんですか」

知らない人のことを話題にすると、冬彦は礼儀正しくしゃちほこばった物言いになるようだ。慣れないとこんなところまで律儀によそよそしいのかと佳人は面白く感じた。

「黒澤遥。おれは遥さんって呼んでる」

「遥、さん」

冬彦は口に馴染ませるかのように一度呟き、微かに首を傾げた。まだそう呼ぶのはしっくりこないと思ったようだ。

「佳人さんと、遥さん、はお友達同士なんですか」

続けて聞かれる。それは佳人もきっと聞かれるだろうと予測していた質問だった。

落ち着いて、そうだね、と答えるつもりで心の準備をしていたのだが、冬彦は一筋縄ではいかなかった。

「それとも、恋人同士ですか」

「うん、そう……えっ」

ささっと答えかけた佳人の言葉に、冬彦が言い足した言葉が重なり、佳人は冬彦の傍《かたわ》らから飛び退きそうになるくらい驚いた。まさしく意表を衝かれた心地で、カアアッと頭に血が上る。

「え、えっと。そうなんだけど……あ、待って、やっぱりちょっと待って」

動揺して狼狽える佳人を、冬彦はどちらが年上かわからないほど泰然《たいぜん》とした態度で、

「危ないですよ」

と二の腕を取って車道に近づきすぎていたのを歩道側に引き寄せる。

広い道路を隔てた先にはもみじ谷を含む十九号地と呼ばれる緑の区画があり、紅葉狩りに訪れた人々で混雑した園内が見てとれた。おそらく佳人の顔は、あの紅葉のように赤らんでいるに違

いない。

「恋人と同居してる」

この期《ご》に及んではぐらかしても仕方がないと腹を括り、佳人は耳朶まで火照らせた顔を上げ、冬彦を真っ直ぐに見て言った。

冬彦もすでにわかっていたようで、驚いた様子はなかった。今時珍しくないのは確かだが、中学生にも理解されているようなのがなんともくすぐったくて、どんな顔をすればいいのかわからず悩ましかった。

「羨《うらや》ましいです」

何がかは言わずに、冬彦は大人びた色気を感じさせる笑顔を見せた。

こんな艶っぽい表情も持っているんだな、と佳人はドキッとする。成長途中であどけなさを残した顔が、あと二年か三年すれば一人前の男にぐっと近づくのだ。さぞかしハンサムないい男になるだろうな、と佳人は兄を通り越してほとんど親のような心境になっていた。

「今度紹介するよ。会ってみて」

きっと冬彦と遥も共鳴する部分がある気がする。

遥の強さ、逞しさを、冬彦は佳人以上に感じて参考にできるのではないかと思った。

もみじ谷には都会の真ん中だとは思えない風景が広がっていた。

人の手で造られたものだと聞いていなければ、自然の造形だと信じただろう。山の中にいるのと同じ感覚で、小川の流れを見たり、石がゴロゴロとした散策路を歩いたり、滝に出会したりする。木の葉には赤や黄色や橙《だいだい》の化粧が施され、まさに見頃だった。

人出も多く、狭い散策路はところどころ渋滞していたが、来てよかったと思えた。

冬彦は携帯電話のカメラ機能で写真を撮ることもなく、佳人が自分のスマートフォンで「撮ってあげようか」と言っても、恥ずかしそうに首を振る。

「写真嫌い？」

「慣れてないんです。祖父ちゃんが嫌いだったから、撮ることも撮られることもめったになくて。店で料理の写真を撮る客がいようものなら、すごい機嫌が悪くなってました」

「ああ、確かに、そんな感じだったね、真宮さん」

真宮の話は避けるつもりでいたが、冬彦のほうから自然な話の流れで触れてきたので、佳人も故人を偲《しの》んで言った。

「……孫の僕からしてもきつい人だったから、いつかこんなことになる気がしていました」

「でも、真っ直ぐ一本芯の通った、ぶれない人だったと思うよ。おれは数回しか会っていないけど、お祖父さんみたいなタイプの人とは昔からなにかと縁があって、なんとなくわかる。親分肌の人だったよね」

「昔は、そっちのほうでそれなりの地位にいたみたいです」

周囲には聞こえないくらいの小声で冬彦が淡々と言う。

知っていたのか、と佳人は軽く目を見開いた。

「お祖父さんから聞いたの？」

「店にたまに来ていた昔の知り合いみたいな人から、ちらっと。酔っ払うとくだを巻く人で。佳人さんも、知っていたんですか。驚かないですね」

またもや鋭く突っ込まれ、佳人は「なんとなく、かなぁくらいに思ってた」とごまかした。さすがに調べたとは言いづらい。

そうか、と佳人は合点《がてん》がいった。いつかこんなことになる気がしていたと冬彦がさっき言ったのは、真宮が元ヤクザだったと承知した上でのことでもあるのだろう。

「早く犯人見つかるといいね」

こくりと冬彦は無言で頷く。

もみじ谷を一通り歩いて回ったあとは、東京タワーに上ろうということになった。

「佳人さん、時間、大丈夫ですか。用事はもう済んだんですか」

冬彦に気を遣われて、恥ずかしながら佳人は、すっかり用事を口実に浜松町まで来たことにしていたのを失念していたことに気がついた。

「うん。大丈夫。用事はもう済んでる」

我ながらこういうところは抜けている。一瞬ヒヤリとしてしまった。やっぱり嘘は苦手だ。気のせいかもしれないが、冬彦も薄々勘づいているようだ。ちらっと佳人を見たときの顔が、何か言いたそうに見えた。それでいて、ここで突っ込まず、「よかったです」と受け流すところが、冬彦らしい気の利かせ方だった。

佳人も東京タワーの展望台に上がるのは何年ぶりか覚えていないくらい久しぶりだ。

「僕も三回目くらいです。近いけど、上がることはあまりないですね」

エレベータでいっきに展望フロアに上がる。

たまたまだったのかもしれないが、日本人よりも外国からの観光客のほうが目についた。

「高所恐怖症とかはないんですか」

「幸い、そういうのは一つもないんだ。冬彦くんは？」

「僕も特に、ないです」

「遥さんはジェットコースターが苦手なんだよ。そういえば」

四歳児にせがまれて遊園地に行ったとき、遥が尻込みしたのを思い出し、佳人はふわっと目を細めて笑っていた。

冬彦も目に光でも入ったように眩《まぶ》しげな顔をする。

「……僕は平気です」

「じゃあ、いつか一緒に乗ろうか。とびきりハードなやつ」

佳人が冗談半分に言うと、冬彦は平気だと言った端から「う」と困惑したように声を詰まらせる。本当は遥と似たり寄ったりなのかもしれない。子供はこういうところで負けん気を出すんだなど、おかしかった。

展望台から大都会のビル群を眺めていたとき、佳人の携帯電話に着信があった。貴史から電話がかかってきている。

「ちょっとごめんね。ここで待っててくれるかな」

人の邪魔にならない隅の方に移動して電話に出る。

『佳人さん、真宮源二さん殺しの容疑者に逮捕状が出たそうです。東原さんから教えてもらいました』

ここに来て、事件は急展開を迎えたようだ。

佳人は全身を緊張させ、離れた場所に静かに佇み、眺望に目を向けている冬彦のきりりとした横顔を見据えつつ、貴史の声に耳を傾けた。

犯人と目《もく》されているのは、佳人も知っている厨房機器メーカーの担当者で、本星に間違いないだろうとのことだった。

＊

居酒屋店主殺害事件の犯人逮捕のニュースは、夕方の報道番組で取り上げられ、局によっては、殺害の動機や手口などを詳しく解説しているところもあった。

あらましを貴史から聞いていた佳人には目新しい情報はなかったが、報道された内容は概《おおむ》ね事実に即しており、テレビを観れば冬彦にも事件の詳細がわかっただろう。

結局、佳人の口からは、犯人が捕まったそうだよ、という以上のことは言えなかった。貴史から口頭で伝え聞いたことを佳人自身まだ完全には把握できておらず、きちんと説明できるかどうか自信がなかったのだ。

帰ります、と言った冬彦を牟田口家の前まで送っていき、佳人もすぐに帰宅した。

午後から仕事の付き合いがあると言っていた遥は不在だったが、夕方には帰ってきて、報道番組を茶の間で一緒に観た。

容疑者が自宅マンションから捜査員らに車で警察署に連行される様子が、繰り返し映される。

俯いて顔を隠そうとしてはいるものの、確かに佳人も面識のある男だ。名前は知らなかったが、画面に『中郷輝晃《なかごうてるあき》容疑者』とテロップが出ている。三十三歳とのことだ。

「この人だったんですね」

「知っているのか」

「見かけたことがあるだけで、話をしたこととかはないんですが。一度、開店前に店に行ったとき、真宮さんに怒られていました。でも、全然悪びれたところがない感じで、あんまり誠実に仕事してそうじゃないな、とは思ったんですよね」

「会社の金を横領《おうりょう》していたようだな」

「みたいですね。まさか、そういう事情があったとは、想像もしませんでした」

真宮にヤクザだった過去があり、十月に起きた川口組系の暴力団事務所狙撃事件で使用された銃が、その解散した組から紛失した物だったため、当初は東原まで関心を示していたが、蓋《ふた》を開けてみれば暴力団とはまったく関係ない事件だったことになる。

『詳しい経緯の解明はこれから、ということになるのですが、現在わかっていることをこちらに纏めてみました。ご覧ください』

女性キャスターが大きなフリップボードを示しながら順序立てて説明し始める。

『中郷容疑者にはギャンブル等で作った借金がおよそ一千万円あることがわかっておりまして、三年ほど前から返済に苦慮していた模様です。勤務先の大手厨房機器メーカー、ツキザキでは厨房機器の販売とアフターフォロー業務を担当していて……』

「要するに、客から値引きを迫られたと言って会社には実際の販売価格より安く売ったことにして、差額を自分の懐に入れていたということか」

遥が大雑把《おおざっぱ》に纏める。

「はい。どうやって経理をごまかしていたのかはまだ捜査中みたいですけど。真宮さんの店に納めた商品でもそれをやっていたんですね。ところが、真宮さんに気づかれて、あの晩閉店したあと店に呼び出された。どういうつもりだと糾弾《きゅうだん》されて、会社には黙っていてくださいと頼んだけれど聞いてくれず、週明けに会社に言うと言われたので、カッとなって店の包丁で刺した。真宮さんは中郷に、帰れと言って背中を向けて居住スペースに引っ込みかけたところを、後ろから襲われて、自宅側の台所で揉み合った挙げ句殺されてしまったんですね」

「そういうことだろう」

「真っ直ぐすぎて融通の利かなそうな方でした。不正を働いたり、小狡かったりする人間が特に嫌いだったのかもしれません。正義感の強い、真面目な人だったんでしょうね。ヤクザだった頃はどうなのかわかりませんが、カタギになってからは、曲がったことは許さない人だったと聞きました」

とりあえず事件は一段落した。中郷の取り調べが始まって供述《きょうじゅつ》が取れれば、今はまだよくわかっていない金銭の流れについても明らかにされていくだろう。

「子供の様子はどうだった？　やはり施設に行くことになりそうなのか」

遥も冬彦がこれからどうなるのか気になるらしい。事件の真相についてはそれほど関心がなさそうで、早々に話を切り上げて、冬彦のことを聞いてきた。

「はい……。今、受け入れ先を探しているみたいです。親戚とかはいないそうで。いろいろ周囲に気を遣っていました。十四歳ってこんなに大人だったかなぁと感心します。おれなんかよりよっぽどしっかりしていますよ」

でも、と佳人は表情を引き締め、遥の顔を見て言い添えた。

「きっと無理をしているところもあるでしょうから、この子は大人だから大丈夫、強いから、しっかりしているから、と過信しすぎて、無神経にならないようにしないといけないな、と思います。大人の都合で子供を一人前扱いしてはだめなんじゃないかなと」

「ああ。どんなにしっかりして見えようが、相手はまだ保護者が必要な子供だ。そこは常に意識するべきだろう」

遥も佳人を真っ直ぐ見返してきて、きっぱりとした口調で同意する。

視線を絡ませ、遥の真摯な黒い瞳を見つめるうちに、佳人の中でこのところずっと燻《くすぶ》っていたもやもやした感情が次第に熱を持ってきて、奔流《ほんりゅう》となって渦を巻きだした。

「おれ、何かしたいんです」

胸底に溜まった思いが喉元まで迫り上がり、押し止めきれずに零れ出る。

気持ちの強さとは裏腹に、ありきたりな言葉しか出てこなかったが、遥には佳人の真剣さが伝わったようだ。

ずっと、ずっと、事件が起きて以来考えていたことがある。

だが、それはおいそれと口にできないほど難しい、無茶と嘲《あざけ》られかねない考えで、相手が一生を託したパートナーであっても、簡単に説得できるとは思っていなかった。だから、いざ決意して話そうとしてもどう切り出せばいいかわからず、何かしたい、などという曖昧でどこまで本気か怪しまれそうな言い方になってしまった。

具体的には何も考えていないのかと呆れられそうな拙《つたな》い発言だったにもかかわらず、遥は佳人

の胸中を見透かしたかのようなまなざしで見つめてきて、おもむろに頷いた。

「俺も考えていることがある」

遥の言葉を聞いた佳人は、魂が共鳴するように、お互い同じ気持ちでいるのではないかという確信に近い思いを抱いた。

聞かなくても相手が何を考えているのか、感じているのか、不思議とわかる感覚。それ自体はしばしばあって今までに何度も経験しているが、今ほど一体感を感じたことはない気がする。

体を繋いで相手の中に自分の一部を委《ゆだ》ねているときとは違う、心と心がぴったりと重なり合ったような感覚に、指一本触れ合わせてさえいないのに恍惚とする。

「たぶんおまえも俺と同じ気持ちでいるだろうと思っていた」

遥は佳人から片時も目を逸らさず、凜然とした口調で続ける。

澄んだ黒い瞳に力強い煌《きら》めきが見える。

意志の強さ、決意の揺るぎなさ、気持ちの熱さ、情の濃さが佳人の胸を打つ。

おれはこの目で見つめられて虜《とりこ》にされたんだった――あらためて出会った頃を思い返し、巡り逢えた奇跡に感謝して涙が溢れそうになる。

「……ずっと、二人で生きていけたらいい、他には何もいらないと思っていました。でも、今は少し変わりました」

佳人は潤みかけた目元を人差し指で払い、ふわりと笑ってみせた。

遥の目が眩《まばゆ》げに細くなる。

その表情が冬彦にそっくりで、佳人はドキッとしてしまった。

「俺とおまえなら、やれるんじゃないか。障害はうんざりするほど立ちはだかるだろうが、幸い、信頼できて力のある知り合いが周囲に何人もいる」

「ええ。おれ、まずは貴史さんに相談しようと思っています。貴史さんは有能な弁護士だし、おれたちをよく知ってくれている。闘いには欠かせません」

「巻き込むことになって悪いが、執行もこのところ、今後の身の振り方を考えている節があるから、ひょっとするとこれが何かのきっかけや転機になるかもしれない」

「遥さんも感じてましたか。おれも、貴史さんは今のままでいいかどうか悩んでいる気がしていました。おれにはわからない世界なので、相談されたとしても何も言ってあげられそうになくて腑甲斐《ふがい》なさを噛み締めていたんですが」

「それは俺も同様だ。元々執行は一人でなんとかしようとするところがある。俺にはもちろん、おまえや辰雄さんにも相談せずに悶々としがちだろう。そういう性分なんだ。実は相当気が強くて頑固なようだしな」

「貴史さんは、自分の道は自分で探すタイプですよね。東原さんもわかっていて黙って見守っている気がします。ギリギリのところまで」

「ああ」

今回の件を通じて貴史にも新たな発見や目覚めがあればいいと思うが、それはまた別の話として、貴史には弁護士として力を貸してもらいたい。遥も佳人と同じ考えのようだ。

佳人は胸を膨らませて深呼吸をした。

「叶うならいいですね」

冬彦自身の希望が一番大切だが、この提案を納得して受け入れてくれるなら、実現に向けて最大限力を尽くしたい。佳人は闘志を湧き上がらせた。

「まずは、俺とおまえの関係を話すところからになると思うが」

おまえは大丈夫なのか、と遥が視線で問うてくる。

「あ、それはもう、話しました。というか、はっきり言う前に気づかれました。ものすごく勘がいいみたいです」

佳人が面映ゆさに睫毛を揺らして言うと、遥はべつに驚いたふうもなく「そうか」とだけ相槌を打った。

「近いうちに俺も会わないといけないな」

「たぶん明後日あたりに葬儀が行われることになりそうです。その席で顔を合わせるのが自然でいいかもしれません」

「そうだな」

冬彦が遥を見てどう思うのか、楽しみなような不安なような落ち着かない気分だ。

佳人の話を聞いて、興味を持った様子だったので、おそらく拒絶はしない気がする。

「おれたちにも、一人くらい子供がいてもいいですよね」

ついに佳人ははっきりと口の端に乗せた。

「ああ」

遥の口調や態度も普段と何も変わらない。

それが佳人にはとても頼もしく思え、嬉しかった。

「一緒に風呂に入るか」

佳人の顔を見て遥がいつものとおり誘ってくる。

淡々としているようで、まなざしは熱を孕んで艶っぽい。

「はい。ぜひ」

佳人は今さらながら照れてしまい、俯いてそっと唇を嚙む。そうしないと顔が綻びすぎて、だらしなくなりそうだった。

「温まったら縕袍《どてら》を着て向こうで一杯やるのはどうだ」

向こうとは月見台のことだ。

そういえば、今夜真夜中に天に懸《か》かるのは満月だ。さぞかし綺麗だろう。

もちろん佳人は迷わず「はい」と答え、遥にとびきりの笑顔を見せた。

あとがき

情熱シリーズ十三冊目にあたります本著をお手に取っていただき、誠にありがとうございます。

本作は大まかに分けて第三部的な位置づけで執筆しました。「ひそやかな情熱」から「情熱の結晶」までの四冊が第一部、その後、タイトルに「絆」を用いた四冊が第二部という感じで、本作から再びタイトルに「情熱」を使わせていただくことにしました。こちらに、短編集一冊と、東原と貴史が主役の「艶」シリーズ三冊を加え、これまで十二冊シリーズとして出していただいております。各巻読み切り形式ですので、この本が初めての方も特に問題なくお読みいただけるように執筆したつもりではありますが、興味がおありでしたら、ぜひ遥さんと佳人がこれまで辿ってきた経緯を既刊でお確かめいただけますと幸いです。

本作から遥さんと佳人の世界がまた少しずつ変わり始めます。

私自身、はじめに「ひそやかな情熱」を一冊だけの読み切り作品として執筆したときには、よもや二人がこんなふうになるとは想像もしていませんでした。これも、長く書き続けてこられたからこそだと思うと、支えてくださり、応援してくださった皆様にどれだけ感謝してもしたりません。これから二人は今までとは違った人生を歩み出すことになりそうですが、本質的にはずっと変わらず、仲睦まじいまま添い遂げるんだろうなと思います。ですので、どうぞ、安心してこの先も見届けてやってください。

イラストは引き続き円陣闇丸先生にお引き受けいただきました。「ひそやかな情熱」で初めてご一緒させていただいたのが2001年でしたので、もう十七年近くこのシリーズでお世話になっていることになります。今、初版の奥付を確かめてきて、そんなに前だったかしらと我ながら驚きました。長い間お付き合いいただきまして、本当にありがとうございます。今回もまた美麗なイラストの数々を拝見できて幸せを噛み締めております。

制作にご尽力くださいましたスタッフの皆様にも厚くお礼申し上げます。

今回、新しい登場人物が増え、これから本格的に佳人や遥さんと絡むことになりそうです。できるだけ早めに次巻をお届けできれば、と考えております。どうぞよろしくお願いいたします。

また、本作では少ししか触れませんでしたが、貴史にもじわじわと変化を求める波が来ているようです。「艶乱」のあとがきでもちらっと書きましたが、変わっていくというのがこのシリーズのテーマの一つでもありますので、貴史の今後も見届けたい気持ちでいます。おそらく、東原とのいい関係は生涯変わらないのではないかと思うのですが。

それでは、ここまでお読みくださいましてありがとうございました。

また次の作品でお会いできれば嬉しいです。

遠野春日拝

◆初出一覧◆

情熱のきざし　　　　　　　　　　　／書き下ろし

世界の乙女を幸せにする小説雑誌♥
小説ビーボーイ
b-BOY
読み切り満載!!
3月, 9月
14日発売
A5サイズ
多彩な作家陣の豪華新作、
美麗なイラストがめじろおし♥
人気ノベルズの番外編や
シリーズ最新作が読める!!
イラスト／蓮川 愛
ビーボーイ編集部公式サイト
http://www.b-boy.jp
雑誌情報、ノベルズ新刊、イベント
はここでお知らせ!
小説ビーボーイ最新号の試し読みもできるよ♥
イラスト／笠井あゆみ

イラストレーター大募集!!

あなたのイラストで小説b-Boyや ビーボーイノベルズを飾ってみませんか？

採用の方は リブレで **プロとして**お仕事のチャンスが！

Illustration:Ciel

◆募集要項◆

内容について

男性二人以上のキャラクターが登場するボーイズラブをテーマとしたイラストを、下記3つのテーマのどれかに沿って描いてください。

①サラリーマンもの（スーツ姿の男性が登場）

②制服もの（軍服、白衣、エプロンなど制服を着た男性が登場）

③学園もの（高校生）

原稿について

【枚数】カラー2点、モノクロ3点の計5点。カラーのうち1点は雑誌の作品扉、もしくはノベルズの表紙をイメージしたもの（タイトルロゴ等は不要）。モノクロのうち1点は、エッチシーン（全身が入ったもの）を描いてください。

【原稿サイズ】A4またはB4サイズで縦長使用。CGイラストの場合は同様のサイズにプリントアウトしたもの。**原画やメディアの送付は受けつけておりません。**必ず、原稿をコピーしたもの、またはプリントアウトを送付してください。応募作品の返却はいたしません。

応募の注意

ペンネーム、氏名、住所、電話番号、年齢、投稿＆受賞歴を明記したものを添付の上、以下の宛先にお送りください。商業誌での掲載歴がある場合は、その作品を同封してください(コピー可)。投稿作品を有料・無料に関わらず、サイト上や同人誌などで公開している場合はその旨をお書きください。

Illustration:黒田 屑

◆応募のあて先◆

〒162-0825
東京都新宿区神楽坂6-46
ローベル神楽坂ビル4F
株式会社リブレ
「ビーボーイノベルズイラスト募集」係

募集＆採用について

●随時、募集しております。採用の可能性がある方のみ、原稿到着から 3ヶ月～6ヶ月ほどで編集部からご連絡させていただく予定です。（多少お時間がかかる場合もございますので、その旨ご了承ください）●採用に関するお電話、またはメールでのお問い合わせはご遠慮ください。●直接のお持込は、受け付けておりません。

ビーボーイノベルズをお買い上げ
いただきありがとうございます。
この本を読んでのご意見・ご感想
をお待ちしております。

〒162-0825 東京都新宿区神楽坂6-46
ローベル神楽坂ビル4F
株式会社リブレ内 編集部

アンケート受付中
リブレ公式サイト http://libre-inc.co.jp
TOPページの「アンケート」からお入りください。

情熱のきざし

2018年3月30日 第1刷発行

著者――遠野春日

発行者――太田歳子

発行所――株式会社リブレ

〒162-0825 東京都新宿区神楽坂6-46ローベル神楽坂ビル
営業 電話03(3235)7405 FAX 03(3235)0342
編集 電話03(3235)0317

印刷所――株式会社光邦

この書籍の用紙は全て日本製紙株式会社の製品を使用しております。

Printed in Japan
ISBN 978-4-7997-3291-5